智慧熊
SMART BEAR

阅读强 | 少年强 | 中国强

专家审定委员会

贾天仓　　河南省语文教研员
许文婕　　甘肃省语文教研员
张伟忠　　山东省语文教研员
李子燕　　山西省语文教研员
蒋红森　　湖北省语文教研员
段承校　　江苏省语文教研员
张豪林　　河北省语文教研员
刘颖异　　黑龙江省语文教研员
何立新　　四川省语文教研员
安　奇　　宁夏回族自治区语文教研员
卓巧文　　福建省语文教研员
冯善亮　　广东省语文教研员
宋胜杰　　吉林省语文教研员
董明实　　新疆维吾尔自治区语文教研员
易海华　　湖南省语文教研员
潘建敏　　广西壮族自治区语文教研员
王彤彦　　北京市语文教研员
张　妍　　天津市语文教研员
贾　玲　　陕西省西安市语文教研员

励志版丛书的六个关键词

温儒敏老师曾指出："少读书、不读书就是当下'语文病'的主要症状，同时又是语文教学效果始终低下的病根。"基于这一现状，励志版丛书在激发中小学生读书兴趣、培养其良好的阅读习惯的同时，旨在通过对经典名著的价值解读，培养学生一生受用的品质。

第一个关键词：权威版本——阅读专家主编、审定的口碑版本

励志版丛书由朱永新老师主编，另有十余个省市自治区的教研员组成的专家审定委员会，对该丛书进行整体审定。采用口碑版本，权威作者、译者、编者，确保每本书的经典性和耐读性。

第二个关键词：兴趣培养——激发阅读兴趣的无障碍阅读

励志版丛书根据权威工具书对书中较难理解的字词、典故及其他知识进行了无障碍注解。此外，全品系的精美插图，配以言简意赅的文字，达到"图说名著"的生动效果，使学生由此爱上阅读。

第三个关键词：高效阅读——名师指导如何阅读经典

励志版丛书的每一本名著都由一位名师进行专门解读，同时就"这本书""这类书"该怎么读提供具体的阅读策略和方法指导。让读书有章可循，有"法"可依。让学生通过精读、略读、猜读、跳读等多种阅读方法，快速完成优质高效的阅读，会读书、读透书。

第四个关键词：阅读监测——国际先进的阅读理念

读一本书的过程就是让这本书与自己的生命发生关系的过程。当我们开始阅读一本书时，就是与这本书、与自己，达成某种隐形的"契约"。为此，我们在书里特别设计了阅读监测栏目，让学生实现自我鞭策和监督。

第五个关键词：价值阅读——品格涵养价值人生

通过有价值的阅读培养学生诚信、坚忍、专注、勇敢、担当、善良等一生受用的品质，契合教育部最新倡导的"读书养性"的理念。

第六个关键词：经典书目——涵盖适合学生阅读的三大书系

涵盖适合学生阅读的三大书系——新课标、部编教材、中小学生阅读指导书目，充分体现了"每一本名著都是最好的教科书"的理念。

简言之，我们殚精竭虑，注重每一个细节。因为，一个人物，拥有一段经历；一段故事，反映一个道理；一本好书，可以励志一生。让名著发挥它人生成长导师的基本功能吧！

励志版丛书编委会

中小学生
阅读指导丛书
彩插励志版

朱永新◎总主编　闻　钟◎总策划

屈原
郭沫若作品精选集

郭沫若◎著

南方出版社
·海口·

图书在版编目（CIP）数据

屈原：郭沫若作品精选集 / 郭沫若著 .— 海口：
南方出版社，2022.5
（中小学生阅读指导丛书：彩插励志版）
ISBN 978-7-5501-7577-8

Ⅰ.①屈… Ⅱ.①郭… Ⅲ.①话剧剧本—中国—现代
②诗集—中国—现代 Ⅳ.① I234 ② I226

中国版本图书馆 CIP 数据核字（2022）第 067549 号

屈原：郭沫若作品精选集

QU YUAN GUO MORUO ZUOPIN JINGXUAN JI

郭沫若 著

责任编辑：黄海燕
出版发行：南方出版社
社　　址：海南省海口市和平大道 70 号
邮政编码：570208
电　　话：（0898）66160822
传　　真：（0898）66160830
印　　刷：三河市嘉科万达彩色印刷有限公司
开　　本：710mm × 1000mm 1/16
印　　张：16.5
字　　数：200 千字
版　　次：2022 年 5 月第 1 版
印　　次：2022 年 5 月第 1 次印刷
定　　价：29.80 元

为青少年创造有价值的阅读

（代总序）

读过经典和没有读过经典的青少年，其人生是不一样的。朱永新先生曾言：“一个人的精神发育史就是他的阅读史。”那么，什么样的书才是经典？正如卡尔维诺所言：“经典是那些你经常听人家说‘我正在重读……’而不是‘我正在读……’的书。”

阅读的重要性，毋庸赘言。而学会阅读，则是青少年成长所需的重要能力。那么，如何学会阅读？如何阅读经典？什么才是有价值的阅读？

“多读书，好读书，读好书，读整本的书”，这一理念已经得到众多老师和家长的认可。阅读的方法有很多种，除了精读，还有略读、跳读、猜读、群读等，这些方法都是有用的，本套丛书也给出了具体方法。我想强调的是，为青少年创造有价值的阅读，才是本套丛书的核心要点。我们一直力图在青少年“如何读名著”上取得突破，让学生在阅读中有更多的获得感。

我们主要从以下五个方面发力：

一、精选书单：涵盖适合学生阅读的书目

为了让学生读好书、读优质的书，我们精选书单，历年中小学语文教材推荐书目和《教育部基础教育课程教材发展中心 中小学生阅读指导目录》，都是本套丛书甄选的范畴。

二、强调原典：给学生提供最好的阅读版本

原典，即初始的经典版本。为了给学生寻找最好的版本，呈现原汁原味的文学经典，本套丛书的编辑们，以臻于至善的工匠精神，在众多的版本中进行

对比甄选、版权联络，如国外经典名著译本均为著名翻译家所译，为青少年的阅读提供品质保障。

三、关注成长：注重培养学生的优秀品格

通过阅读培养青少年的品格，是本套丛书的核心理念。每一本书的主题及重要情节，都旨在培养学生的品格与素养，如诚信、坚忍、专注、勇敢、博爱、担当、善良等。为此，我们在每本书中设置了“如何进行价值阅读”等栏目，目的便是使学生形成受益一生的品质、品格。

四、注重方法：让阅读真正能够深入浅出

经典难读、难懂，学生难以形成持续阅读的习惯，针对这一现象，编辑们对本套丛书的体例进行了研发与创新。他们根据每本书的特点，从阅读指导、体例设计、栏目编写等方面，有针对性地将精读与略读相结合，对不同体裁的作品，推荐不同的阅读方法，让阅读真正能够深入浅出，让学生在阅读中有获得感，体会到读书的乐趣，最终养成持续阅读的习惯。

五、智慧读书：融合国际先进的阅读理念

为什么以色列的孩子和美国学生的创新能力都比较突出？这与他们先进的阅读理念是密切相关的。为此，我们引入了“科学素养阅读体系”。在阅读前，设置“阅读耐力记录表”；在阅读后，设置“阅读思考记录表”。这样能够实时记录阅读进度和成果，从而帮助学生养成总结、记录、思考的良好阅读习惯。

21 世纪最重要的能力之一是学会阅读。让学生学有所成，一个重要的前提就是让阅读成为习惯。当你的孩子学会了阅读、爱上了阅读，他便学会了如何与这个世界相处，他将获得源源不竭的成长动力，终身受益。

以阅读关注青少年的成长，是我们始终不变的初衷；让“开卷”真正“有益”，是我们始终探寻的方向；为青少年创造有价值的阅读，是我们的终极梦想。想必这也是学生、家长和老师一直喜爱我们的书的原因吧！

闻钟

2020 年 6 月

于北京北郊莽苍苍斋

名师导读

郭沫若，中国著名作家、诗人、历史学家、考古学家、古文字学家、社会活动家，原名郭开贞，笔名郭鼎堂等，1892年出生在四川乐山一个地主兼商人家庭。他自幼接受了良好的古典文学教育，很小的时候就能写出格律工整的诗句，同时也接触了一些新学知识。幼时受到的教育，对其文学理念的形成产生了重要影响，也为他日后在文学、史学等方面取得突出成就打下了坚实的基础。

1914年，郭沫若前往日本学医，留学期间，大量接触了泰戈尔、歌德、莎士比亚、惠特曼等外国作家的作品，后来在十月革命和五四运动的鼓舞下，决定弃医从文。

1921年，他与成仿吾、郁达夫、张资平等人在东京组织成立了一个文学社团——创造社，并出版了他的第一部诗集《女神》。1923年，郭沫若从九州帝国大学医学部毕业。后来，郭沫若接触了马克思主义，成为马克思主义的拥护者，倡导革命文学，并热切关注国内的社会革命。1926年7月，他投笔从戎，随国民革命军北伐。1927年，郭沫若参加南昌起义，同年加入中国共产党。郭沫若1928年起流亡日本，从事中国古代史和甲骨文、金文的研究，著有《中国古代社会研究》《甲骨文字研究》等，并积极支持中国留日青年和国内文艺界革命文化运动。抗日战争全面爆发后，他回国参加抗战，积极从事抗日救亡运动，这一时期创作了话剧《屈原》《虎符》《棠棣之花》等。中华人民共和国成立后，他历任中央人民政府委员、政务院副总理兼文化教育委员会主任等职。现有《郭沫若全集》行世。

郭沫若的家乡乐山有两条河：一条是沫水（即今大渡河），另一条是若水（即今青衣江）。他饮二河的水长大，所以后来首次发表新诗时，就用了“沫若”这一笔名，意在不忘故土。这种对故乡的眷恋，对祖国未来的关切，贯穿他的一生，为他的革命事业和文学事业提供了源源不断的动力。

郭沫若自幼热爱《楚辞》，对屈原的研究兴趣由来已久。历史剧《屈原》写于1942年间，当时正值抗日战争的相持阶段，也是国民党反动统治最为黑暗的时候。面对这样的政治现实，郭沫若用十天的时间完成了五幕剧《屈原》，引起了社会各界的极大反响。郭沫若将屈原的故事浓缩在楚怀王十六年（公元前313年）的一天，歌颂了屈原热爱祖国的崇高思想和毫不妥协的斗争精神，充满革命浪漫主义精神。郭沫若借屈原之口，诉说了自己心中的怨愤，也传递了广大人民的愤恨，是对国民党压迫人民的强力控诉。

1959年，郭沫若的《蔡文姬》初稿创作完成。剧本以蔡文姬的去留问题为主线，以长篇叙事诗《胡笳十八拍》贯穿全剧，为作品增添了不少悲伤情调。在这个剧本中，曹操牵挂故友孤女，以重金赎回蔡文姬，让她继承父志，完成《续汉书》的撰写。剧中郭沫若借董祀等人之口侧面展现了曹操的雄才大略，又正面描写了曹操思慕贤才、知错就改等品质，肯定了曹操这一人物在历史上的贡献。

诗集《女神》收录了郭沫若1918—1921年的主要作品，共分三辑，第一辑收入三篇诗剧，第二辑收入新诗，其中有代表作《凤凰涅槃》，以凤凰象征中华民族的精神，热烈预告了世界将在熊熊烈火中蜕旧变新。第三辑收入的大多是短诗，其中一部分是作者的早期作品。

为了全方位地展示郭沫若的艺术魅力，本书除了收录历史剧《屈原》《蔡文姬》，还精选了《女神》中的部分篇章。建议安排10天的时间进行阅读。阅读时，可参考下面的阅读规划，有计划、有目的地完成阅读。

阅读阶段	时间安排	阅读规划
第一阶段	第 1 ～ 3 天	通读《屈原》

续表

阅读阶段	时间安排	阅读规划
第二阶段	第 4 ～ 6 天	通读《蔡文姬》
第三阶段	第 7 ～ 8 天	通读《女神（节选）》
第四阶段	第 9 ～ 10 天	结合附录的内容，对感兴趣的内容或较为精彩的部分进行精读

郭沫若的作品大多具有特定的时代背景，有很强的时代感。在阅读之前，我们不妨查阅资料，了解他的生平及五四运动、北伐战争等历史事件，阅读时结合时代背景体悟作品，以便更好地领悟作品的思想精髓。

在前两个阶段的阅读过程中，要学习正面描写和侧面描写这两种刻画人物形象的方法。在第三阶段，要结合写作背景，重点感悟诗歌的思想主旨。到了第四阶段，在精读之余，还可以拓展思维，与同时代或同体裁的作品进行比较阅读，如可以思考《屈原》《蔡文姬》在表现形式上与我们熟知的《哈姆莱特》有什么区别。

郭沫若是中国现代思想文化史上举足轻重的巨匠，这位时代的先行者不仅给我们留下了浪漫激昂的文字，同时也留下了拼搏进取的精神。阅读他的作品，我们仿佛回到了那个充满希望与变革的时代。让我们一起翻开这本《屈原：郭沫若作品精选集》，走进他丰富多彩的精神世界吧！

阅读耐力记录表

请诚实记录你的每日阅读时长，养成阅读好习惯

本书阅读统计

开始时间：____ 年__月__日

结束时间：____ 年__月__日

最喜欢的情节：

最喜欢的角色：

最难忘的一句话：

表格说明

该表格横轴是日期，竖轴是每天不间断的阅读时间，不可以一会儿读书一会儿去做其他事情。记录的时候每天在相应的格子里画个圈。读完本书之后，就可以把所有的圈连起来，形成一条曲线，仔细观察这条曲线，看看自己的阅读耐力是否有所增强。

60分钟										
55分钟										
50分钟										
45分钟										
40分钟										
35分钟										
30分钟										
25分钟										
20分钟										
15分钟										
10分钟										
5分钟										
	第1天	第2天	第3天	第4天	第5天	第6天	第7天	第8天	第9天	第10天

图说

暮春时节，尚有若干残橘剩在枝头。清晨，屈原左手拿着一卷帛书，在橘林中散步，时不时用手抚摸残橘，闻其香韵。

图说

婵娟将酒一饮而尽，不一会儿，她脸色渐变，全身痉挛，方知酒里有毒。屈原大惊，屈膝俯身，把婵娟抱在怀中。

图说

回汉朝还是留在匈奴？穹庐外，蔡文姬愁思不决，独自一人屡屡叹息。此时，胡儿伊屠知牙师急匆匆地向她跑来。

图说

蔡文姬已经到达长安郊外。她来到父亲墓畔，对父亲诉说自己内心的纠结与痛苦。由于长途跋涉，兼复思念子女，她已经十分憔悴，最后晕倒在墓畔。

图说

屈原与姐姐女须乘船渡过洞庭湖。屈原以荷叶为冠，着玄色绢衣，玉带，颈上挂一莲瓣花环，立在船头眺望。女须鬟发如云，白衣碧裳。

图说

除夕将近，凤和凰在丹穴山燃香木涅槃，新生的它们精神振奋地飞向高空。它们自由自在地翱翔，翱翔！欢快地歌唱，歌唱！

如何进行价值阅读

——《屈原：郭沫若作品精选集》一书以“婵娟之死”为例进行解读

内容简介

在卫士的帮助下，婵娟从被关押的地方逃了出来。她直奔东皇太一庙，见到了屈原，结果误饮了郑詹尹带来的毒酒。临死之际，她没有悲伤遗憾，而是感到莫大的安慰，因为她的死，使先生保全了性命，她死而无悔。屈原因为婵娟的死悲痛万分，最后将《橘颂》送与婵娟。

价值解读

1.关于正义

婵娟既是屈原的侍女，也是他的学生。她仰慕先生的学问，更崇拜先生的精神品格。

心怀正义的她不能容忍宋玉等人对先生的背叛，更不能容忍奸人对先生的陷害。她为先生蒙受不白之冤，为正义遭到蒙蔽而切齿扼腕。

价值启示

正义是一种难能可贵的品格。它可以让我们守住底线，不丧失本性，也可以让我们在他人陷入困境时伸出援手。心怀正义，不仅能让我们拥有更强大的力量，也能让世界变得更有希望、更加光明。

2.关于勇气

婵娟曾对屈原说，她不愿意到南后身边，因为她一到南后面前，就会可怜得像老鹰爪下的一只小麻雀。可是，得知先生被陷害后，婵娟在凶残的南后和昏庸的楚怀王面前，毫不畏惧地替先生喊冤，这份勇气可敬可颂。

价值启示

面对前方的艰难险阻，有勇气的人即使会感到恐惧和害怕，但依旧能坚持自己的初心，敢于直面危险和困难。做一个有勇气的人，相信我们会获得坚持下去的力量，克服人生路上的困难，走向一个又一个胜利。

3.关于爱国

婵娟虽然是一个地位不高的侍女，但她有一腔爱国热情。临死之际，她告诉屈原："我爱楚国，我就不能不爱先生。"为了捍卫国家，她像屈原一样，早已把个人生死置之度外，最终为祖国献出了生命。

价值启示

爱国是一件崇高的事，它深深根植于我们每一个人的灵魂深处，激励着我们为祖国的发展不懈奋斗。爱国又是一件很"小"的事，它藏在我们生活的细节里，藏在我们的一举一动里。如果我们每个人都能将爱国之情铭刻心中，都能为祖国的发展尽一份自己的力量，那么我们的祖国必将越来越好。

目录

目录

屈 原[1]

人　物　三闾大夫屈原——年四十左右。

宋玉——屈原之弟子，年二十左右。

婵娟——屈原之侍女，年可十六。

上官大夫靳尚——楚怀王之佞臣，年三十以往。

子兰——楚怀王之稚子，年十六七。

南后郑袖——子兰之母，怀王宠姬，年三十以往。

楚怀王——年五十岁。

张仪——秦之丞相，连横家，年四十以往。

令尹子椒——昏庸老朽之佞臣，年六十左右。

招魂老人——年可七十左右。

阿汪——屈原之老阍人，年可六十左右。

阿黄——屈原之老灶下婢，年可五十余。

钓者河伯——年可三十左右。

渔父——年可五十左右。

卫士仆夫——年可二十以往。

太卜郑詹尹——郑袖之父，年七十以往。

老媪、更夫各一人。

女官、女史、群众、卫士、歌舞及奏乐者各若干人。

时　间　楚怀王十六年（公元前313年）。

地　点　楚国郢都（今湖北江陵县）。

---

① 本书在不影响广大读者阅读的情况下，对个别词语按照现行规范做了修改，特此说明。

清晨，三闾大夫屈原在橘园散步。弟子宋玉到来，屈原令宋玉诵读《橘颂》，并要将这首诗送给宋玉，教导他要保持独立难犯的精神和高洁的品性。侍女婵娟将上官大夫靳尚带来的好消息告诉屈原，这令屈原十分开心。后来，公子子兰来到橘园，说其母南后要请屈原进宫。

第一幕

清晨的橘园，暮春[1]，尚有若干残橘，剩在枝头。园后为篱栅，有门在正中偏右，园外一片田畴[2]。左前别有园门一道通内室。园中右侧有凉亭一，离园地可高数段。亭中有琴桌石凳之类。亭之阶段正向左，阶上各陈兰草一盆。阶下置一竹帚。园中除橘树外，可任意配置其他竹木。

婵娟年可十六，抱琴由左首出场，置于亭中琴桌上，略加整饬[3]，即由原径退下。

屈原年四十左右，着白色便衣，巾帻，亦由左首出场。左手执帛书一卷，在橘林中略作逍遥，时复攀弄残橘，闻其香韵。最后于不经意之间摘其一枚置于右手掌上把玩。徐徐步上亭阶，坐在阶之最上段。一时闻橘香韵，一时复举首四望。有间置橘于阶上，展开帛书，乃用古体

① 暮春　春季的末期，农历的三月。

② 田畴　田地；田野。畴，chóu。

③ 整饬　使有条理；整顿。饬，chì。

篆字所写之《橘颂》[1]。字系红色，用朱写成。

屈　原　（徐徐地放声朗诵。读时两手须一舒一卷）

辉煌的橘树呵，枝叶纷披。
生长在这南方，独立不移。
绿的叶，白的花，尖锐的刺。
多么可爱呵，圆满的果子！
由青而黄，色彩多么美丽！
内容洁白，芬芳无可比拟。
植根深固，不怕冰雪雰霏。
赋性坚贞，类似仁人志士。

（读至此中辍，置书膝上，复取橘置掌中把玩，闭目玩味。终复张目，若有意若无意将橘劈为两半，但无食意，仅只把玩而已）

此时宋玉抱一小黄犬由外园门入，年二十左右，着短衣，头上挽两卷鬒[2]。见屈原，即奔至其前。

宋　玉　（立阶下）先生，你出来了。

屈　原　啊，我正在找你。你到什么地方去来？

宋　玉　我把园子打扫了之后，便抱着阿金[3]到外边去跑了一趟回来。

屈　原　那很好，你们年青人有起早的习惯，更能够时时把筋骨勤劳一下，是很好的事。（徐徐将两半橘子合而为一，一手握橘，一手执书，起立）我为你写了一首诗啦，我们到亭子上去坐坐吧。（步入亭中，就琴桌而坐，随手将橘置于桌上）

---

①《橘颂》《楚辞·九章》篇目。以对橘的歌颂，自况坚贞，为托物自喻之作。另本剧中所引的屈原作品，多为郭沫若口语化的翻译。

②鬒　zhěn，头发密而黑。

③阿金　小黄犬名。

宋玉随上，立于左侧。

屈 原 你把阿金放下，念念我这首新诗。（将书卷授宋玉）

宋玉将黄犬放下，任其自由动作。屈原开始抚琴。

宋 玉 （展开书卷前半，默念一次，举首）先生，你是在赞美橘子啦。

屈 原 是的，前半是那样，后半可就不同了，你再读下去看。

宋 玉 （继续展读，发出声来）

呵，年青的人，你与众不同。
你志趣坚定，竟与橘树同风。
你心胸开阔，气度那么从容！
你不随波逐流，也不故步自封。
你谨慎存心，决不胡思乱想。
你至诚一片，期与日月同光。
我愿和你永做个忘年的朋友。
不挠不屈，为真理斗到尽头！
你年纪虽小，可以为世楷模。
足比古代的伯夷[1]，永垂万古！

（读罢有些惶恐，复十分喜悦）先生，你这真是为我写的吗？

屈 原 是，是为你写的。（以下在对话中，仍不断抚琴，时断时续）

宋 玉 我怎么当得起呢？

屈 原 我希望你当得起。（以右手指园中橘树）你看那些橘子树吧，那真是多好的教训呀！它们一点也不骄矜，一点也不怯懦，一点也不懈怠，而且一点也不迁就。（稍停）是

① 伯夷 商末孤竹国君主孤竹君长子。武王灭商后，与其弟叔齐隐居首阳山，不食周粟而死。

的，它们喜欢太阳，它们不怕霜雪。它们那碧绿的叶子，就跟翡翠一样，太阳光愈强愈使它们高兴，霜雪愈猛烈，它们也丝毫不现些儿愁容。时候到了便开花，那花是多么的香，多么的洁白呀。时候到了便结实，它们的果实是多么的圆满，多么的富于色彩的变换呀。由青而黄，由黄而红，而它们的内部——你看却是这样的有条理，又纯粹而又清白呀。（随手将劈开了的橘子分示其内部）它们开了花，结了实，任随你什么人都可以欣赏，香味又是怎样的适口而甜蜜呀。有人欣赏，它们并不叫苦，没有人欣赏，它们也不埋怨，完全是一片的大公无私。但你要说它们是——万事随人意，丝毫也没有一点骨鲠[1]之气的吗？那你是错了。它们不是那样的。你先看它们的周身，那周身不都是有刺的吗？（又向橘树指示）它们是不容许你任意侵犯的。它们生长在这南方，也就爱这南方，你要迁移它们，不是很容易的事。这是一种多么独立难犯的精神！你看这是不是一种很好的榜样呢？

宋　玉　是。经先生这一说，我可感受了极深刻的教训。先生的意思是说：树木都能够这样，难道我们人就不能够吗？（思索一会儿）人是能够的。

屈　原　是，你是了解了我的意思，你是一位聪明的孩子。你年纪轻轻就晓得好学，也还专心，不怕就有好些糊涂的人要引诱你去跟着他们胡混，你也不大随波逐流，这是使我很高兴的事。（稍停）所以我希望你要能够像这橘子树一样，独立不倚，凛冽难犯。要虚心，不要做无益的贪求。要坚持，不要同乎流俗。要把你的志向拿定，而且要抱着一个光明磊落、大公无私的心怀。那你便不会有什么

① 鲠　gěng，鱼骨头。

过失，而成为顶天立地的男子了。（再停）你能够这样，我愿意永远和你做一个忘年的朋友。你能够这样，不怕你年纪还轻，你也尽可以做一般人的师长了。（略停）不过也不要过分的矜持，总要耿直而通情理。但遇到大节临头的时候，你却要丝毫也不苟且，不迁就。你要学那位古时候的贤人，饿死在首阳山上的伯夷，就饿死也不要失节。我这些话你是明白的吧？

宋　玉　是，我很明白。我的志向就是一心一意要学先生，先生的学问文章我要学，先生的为人处世我也要学；不过先生的风度太高，我总是学不像呢。

屈　原　你不要把我做先生的看得太高，也不要把你做学生的看得太低，这是很要紧的。我自己其实是很平凡的一个人，不过我想任何人生来怕都是一样的平凡吧？要想不平凡，那就要靠自己努力。（稍停）我们应该把自己的模范悬得高一些；最好是把历史上成功了的人作为自己的模范，尽力去追赶他，或者甚至存心去超过他。那样不断地努力，一定会有成就的。北方有一位学者颜渊，是孔仲尼的得意门生，我最近听到他的一句话，我觉得很有意思。他说："舜，何人也？予，何人也？有为者亦若是。"这真是很好的一个教条。我们谁都知道大舜皇帝是了不起的人，但他是什么呢？不是人吗？我们自己又是什么呢？不也是人吗？他能够做到那样了不起的地步，我们难道就做不到吗？做得到的，做得到的，凡事都在人为。雨水都还可以把石头滴穿，绳子都还可以把木头锯断呢！总要靠自己努力，靠自己不断地努力才行。

婵娟抱水瓶入场，至亭下，挹[1]水一尊，捧至琴台前

① 挹　yì，舀。

献于屈原，俟[1]屈原呷[2]毕，复拾尊荷瓶而下。

宋　玉　先生的话我是要牢牢记着的。不过我时常感觉到，要学习古人，苦于不知道从什么地方下手。古人已经和我们隔得太远，他的声音笑貌已经不能够恢复转来，我们要学他，应该从什么地方学起呢？我时常在先生的身边，先生的声音笑貌我天天都在接近，但我存心学先生，学先生，却丝毫也学不像呢。

屈　原　（微笑）你要学我的声音笑貌做什么？专学人的声音笑貌，岂不是个猴子？（起立在亭中徘徊）学习古人是要学习古人的精神，是要学习那种不断努力的精神。始终要鞭策着自己，总要存心成为一个好人。（稍停）我们每一个人生来都是一样平凡的，而且在我们的身上还随带着很多不好的东西。譬如[3]我们每一个人都爱争强斗狠，但是又爱贪懒好闲，在这儿便种下了堕落的种子。争强斗狠也并不就坏，认真说这倒是学好的动机。因为你要想比别人强，或者比最强的人更强，那你就应该拼命地努力，实际上做到比别人家更强的地步。要你的本领真正比人强，你才能够强得过别人，这是毫无问题的。

宋　玉　是，真是不成问题的。

屈　原　但是问题却在这儿出现了。能强过别人是很高兴的事，但努力却又是吃苦的事，因此便想来取巧，不是自己假充一个强者，虚张声势，便是更进一步去陷害别人，陷害比自己更强的人。这就是虚伪，这就是罪恶，这就是堕落！（声音一度提高之后，再放低下来）人的贪懒好闲的这种

---

① 俟　sì，等待。

② 呷　xiā，喝。

③ 譬如　比如。譬，pì。

根性，便是自己随身带来的堕落的陷阱！我们先要尽量地把这种根性除掉，天天拔除它，时时拔除它，毫不容情地拔除它。能够这样，你的学问自然会进步，你的本领自然会强起来，你的四肢筋骨也自然会健康了。你说，你苦于无从下手，其实下手的地方就在你自己的身上。（稍停）当然我们也应该向别人学习，向我们身外的一切学习。我们生来是一无所有，不仅身子是赤条条，心子也是赤条条，随身带来的一点好东西，就是——能够学习。我们能够学习，就靠着能够学习，使我们身心两方逐渐地充实了起来。可以学习的东西，四处都是。譬如我们刚才讲到的那些橘子树，（向树林指示）不是我们很好的老师吗？又譬如立在我面前的你，我也是时常把你当成老师的。……

宋　玉　（有些惶恐）先生，你这样说，我怎么受得起？

屈　原　不，我不是在同你客气。凡是你们年青一辈的人都是我的老师。人在年青的时候，好胜的心强，贪懒的心还没有固定，因此年青人总是天真活泼，慷慨有为，没有多么大的私心。这正是我所想学习的。（复就座于亭栏上）就拿作诗来讲吧，我们年纪大了，阅历一多了，诗便老了。在谋章布局上，在造句遣词上，是堂皇了起来；但在着想的新鲜、纯粹、素朴上，便把少年时分的情趣失掉了。这是使我时时感觉着发慌的事。在这一点上，仿佛年纪愈老便愈见糟糕。（稍停）所以我尽力地在想向你们年青的人学，尽力地在想向那纯真、素朴的老百姓们学，我要尽力保持我年青时代的新鲜、纯粹、素朴。这些话，我对你说过不仅一次，你应该记得的吧？

宋　玉　是，我是时常记着的。

屈　原　所以有许多人说我的诗太俗，太放肆了，失掉了“雅颂[①]”

① 雅颂　雅、颂是《诗经》内容分类的名称，也是乐曲分类的名称。雅乐为朝廷的乐曲，颂为宗庙祭祀的乐曲。后亦以“雅颂”称盛世之乐。

的正声，我是一点也不介意的。我在尽量地学老百姓，学小孩子，当然会俗。我在尽量地打破那种“雅颂”之音，当然会放肆。那种“雅颂”之音，古古板板的，让老百姓和小孩子们听来，就好像在听天书。那不是真正把人性都失掉干净了吗？不过话又得说回来，我自己究竟比你们出世得早一些，我的年青时代是受过“典谟训诰[1]”“雅颂”之音的熏陶，因此我的文章一时也不容易摆脱那种格调。这就跟奴隶们头上的烙印一样，虽然奴隶籍解除了，而烙印始终除不掉。到了你们这一代就不同了，你们根本就没有受过烙印，所以你们的诗，彻内彻外，都是自己在做主人。这些地方是使我羡慕你们这一代的。

宋　玉　这正是先生的不断努力、不断学习的精神，我今天实在领受了最可宝贵的教训。先生这首《橘颂》是可以给我的吧？

屈　原　当然是给你的。我为你写的诗，怎么会不给你？

宋　玉　（拱手）我实在多谢先生，从今以后我每天清早起来便要朗诵它一遍。

屈　原　倒也不必那样拘泥。就诗论诗的话，实在也并不怎么好，不过你存心学做好人好了，做到像伯夷那样啦。

宋　玉　多谢先生的指示。但我总想学先生，像伯夷那样的人我觉得又像古板了一点。殷纣王本来是极残忍的暴君，为什么周武王不好去征伐他呢？诛锄了一个暴君，为什么一定要去饿死呢？这点我有些不大了解。

屈　原　讲起真正的史事上来的话，这里倒是有问题的。我们到园子里去走走，一面走，一面和你细谈吧。（步下亭阶）

---

① 典谟训诰　《尚书》中《尧典》《大禹谟》《伊训》《汤诰》等篇的并称，泛指经典之文。

宋玉随后。

屈 原 照真正的史事来讲，殷纣王并不是怎样坏的人。特别是我们楚国人，本来是应该感谢他的。我们楚国，在前本是殷朝的同盟。殷纣王和他的父亲帝乙，他们父子两代费了很大的力量来平定了这南方的东南夷，周人便趁着机会强大了起来，终竟乘虚而入，把殷朝灭了。我们的祖先和宋人、徐人在那时都受着压迫，才逐渐从北方迁移到南方来。北方有个地方叫着楚丘，你应该是知道的吧，那就是我们祖先所在的地方了。假使没有殷纣王的平定东南夷，我们恐怕还找不到地方来安身，我们的祖先怕已经都化为周人的奴隶了。周朝的人把殷朝灭了自然要把殷纣王说得很坏，造了些莫须有的罪恶来加在他身上，其实他并不是那么坏的。伯夷要反对周武王，也就是证明了。

宋 玉 啊，先生这样的说法，我真是闻所未闻，真是太新鲜、太有意义了。

屈 原 这些古事，本来用不着多管，不过像伯夷那种气节，实在是值得我们景仰、学习的。他本来是可以做孤竹国的国君的人，但他把那种安富尊荣的地位抛弃了。因为他明白，在我们人生中还有比做国君更尊贵的东西。假使你根本不像一个人，做了国君又有什么荣耀？是，在周朝的人把殷朝灭了的时候，伯夷也尽可以不必死，敷敷衍衍地过活下去，别人也不会说什么话。假使他迁就一下，周朝的人也许还会拿些高官厚禄给他。但他知道，那种的高官厚禄、那种的苟且偷生，是比死还要可怕。所以他宁愿饿死，不愿失节。这实在是值得我们学习的。你懂得我的意思吗？

宋 玉 我此刻弄明白了。尤其是史事的背景弄明白了，更加觉得伯夷这个人值得尊敬。

屈　原　在这战乱的年代，一个人的气节很要紧。太平时代的人容易做，在和平里生，在和平里死，没有什么波澜，没有什么曲折。但在大波大澜的时代，要做成一个人实在不是容易的事。重要的原因也就是每一个人都贪生怕死。在应该生的时候，只是糊里糊涂地生。到了应该死的时候，又不能够慷慷慨慨地死。一个人就这样被糟蹋了。（*稍停*）我们目前所处的时代也正是大波大澜的时代，所以我特别把伯夷提了出来，希望你，也希望我自己，拿来做榜样。我们生要生得光明，死要死得磊落。你懂得我的话吗？

宋　玉　我懂得了，先生。

屈　原　好的，我的话也说得太多。今天的天气实在太好，我们再到外面的田野里去走一会儿吧。

宋　玉　我愿意追随先生。（*抱琴在左胁下*）

二人徐徐向外园门走去。

婵娟匆匆入场。

婵　娟　（*趋前，呼屈原*）先生，先生，刚才上官大夫靳尚来过，他留了几句话要我告诉你，便各自走了。

屈　原　他留了什么话？

婵　娟　他说：张仪要到魏国去了。国王听信了先生的话，不接受张仪的建议，不愿和齐国绝交。因此，张仪觉得没有面目再回秦国，他要回到他的故乡魏国去了。上官大夫他顺便来通知你。

屈　原　（*带喜色*）好的，这的确是很好的消息。（*回顾宋玉*）宋玉，我有件事情要你赶快去办。

宋　玉　是，先生，请你吩咐。

屈　原　我的书案上有一篇文稿，是国王昨天要我写的致齐国国王敦睦邦交的国书，我希望你去赶快把它誊[1]写一遍。张仪既已决心离开，说不定国王很快就要派人把国书送到齐国去。

宋 玉 是，我抄好了，再送来请先生看。（向婵娟）这琴请你抱着。（把琴授与婵娟，由左门下场）

婵 娟 （迟疑地）先生，刚才上官大夫走的时候，他还告诉了我一句话。

屈 原 他告诉你什么？

婵 娟 他说：南后曾经对他说过，准备调我进宫去服侍她。

屈 原 南后也曾对我说过，但她说得不太认真，所以我还不曾告诉你啦。婵娟，如果南后真的要调你进宫去，你是不是愿意？

婵 娟 （果断地）不，先生，婵娟不愿意。婵娟不能离开先生。

屈 原 你不喜欢南后吗？她是那样聪明、美貌，而又有才干的人。

婵 娟 不，我不喜欢她。我相信，她也不喜欢我。

屈 原 不喜欢你？怎么要调你进宫去呢？

婵 娟 那可不知道是什么打算了。我每一次看见她，都有点害怕。她那一双眼睛就跟蛇的眼睛一样，凶煞煞地、冰冷冷地死盯着你，你就禁不住要打寒噤[2]。先生，我在你面前，我自己感觉着，我安详得就像一只鸽子。但我一到了南后面前，我就会可怜得像老鹰脚爪下的一只小麻雀了。先生，我希望你不要让我去受罪。

屈 原 （含笑）你形容得很好。是的，南后是有权威的人。你如

---

①誊　téng。

②打寒噤　即打寒战，因受冷或受惊而身体颤动。噤，jìn。

果不愿进宫，等她认真提到的时候，我替你婉谢好了。（步至亭前踯躅[①]，复不经意地走上亭阶，顺手将适才放置在栏杆上的两半橘子拿起，在手中把玩，合之分之者数次，但无食意）

此时婵娟亦步上凉亭，把琴放在琴桌上，又静静地步下凉亭。

公子子兰由右侧后园门入场。子兰年十六七，左脚微跛。

婵　娟　先生，公子子兰来了。

屈原回身，子兰趋至亭前，敬立阶下行拱手礼。

子　兰　先生，早安！

屈　原　（略略答礼）早安，你们可以到亭子上来坐坐。

婵娟导子兰入亭。

屈　原　你们随意坐坐，不必拘礼。

二人因屈原未坐，亦不敢就座。

屈　原　我这里有一个橘子，是刚从树上摘下来的，我送给你们。

二人接受。

子　兰　多谢你。先生，你近来好吗？

屈　原　很好，我近来很愉快的。好几天不见你来了，是在家里用功吗？

子　兰　我没有，先生。因为这几天我有点伤风咳嗽，妈妈要我休息一下。我今天来，是妈妈要我来请先生的。（微微咳了几声）

屈　原　南后在叫我吗？有什么事，你可知道？

子　兰　不，我也不十分知道。不过我想，恐怕是为的张仪要走的事情吧。爸爸在今天中午要替他饯行呢。……我妈妈为了

---

① 踯躅　zhízhú，徘徊。

张仪要走，很有点着急。昨天下午张仪同上官大夫一道突然来向我爸爸辞行。他说：秦国的国王尊敬爸爸，不满意齐国的不友好的态度，所以愿意奉献商於[1]之地六百里，请求楚国也和齐国绝交。爸爸既然听信三闾大夫的话，不愿和齐国绝交，他没有面目再回到秦国去了。他要回到他的故乡魏国。又说他们魏国的美人很多，一个个就跟神仙一样，他准备找一位很好看的人来献给我爸爸啦。

屈 原 嗯，张仪说过那样的话吗？

子 兰 是啦，所以弄得我妈妈很着急。她昨天夜里还叫上官大夫靳尚送了一千五百个大钱去做路费呢。

屈 原 一千五百个大钱？

子 兰 是啦，一千是送给张仪，五百是送给他的随从。

屈 原 张仪收了吗？

子 兰 详细的情形我不知道，我想是收了的，那样多的钱啦！

屈 原 哼，这样说来，那些鬼家伙是在作怪啦！

子 兰 我也感觉着是有点蹊跷。大约就是因为这样，所以妈妈要请先生去帮忙的吧。

屈 原 好的，你等我去把衣服换好来同你去。你就留在这儿。（向婵娟）婵娟，你也陪着公子在这儿，不过我希望你们不要折损花木。

子 兰 先生，你请放心。我是最爱惜花木的人。

屈 原 那很好，我回头就可以转来的。（徐徐步下亭阶，向左侧园门下）

二人在亭口鹄立[2]。

① 商於　古地区名。在今河南淅川西南。

② 鹄立　直立。鹄，hú。

子　兰　（见屈原去后，立即放肆起来，以手携婵娟手，向亭内引去）婵娟，我们坐着谈谈心吧。

婵　娟　（缩回其手）你不要这样拉我，我自己晓得坐。

子　兰　好的。我是怕你站累了呢。（自行就亭阶口上坐下，面侧向前左）

婵　娟　（坐于亭阶上）公子，你也请吃橘子。（取出一瓣来嚼食）

子　兰　不，这橘子我不想吃。先生把这橘子一个人给我们一半，我觉得很有意思。我是半边，你是半边，合拢来，不就是整个儿的吗？

婵　娟　你总爱说这些没有意思的话。

子　兰　你说没有意思，蛮有意思呢。婵娟，我倒要问你：先生这几天说过我什么坏话没有？

婵　娟　先生没有说过你什么坏话，不过也没有说过你什么好话。

子　兰　当然喽，先生哪里会说我的好话！他喜欢的就是那位专会在人面前讨好，比你还要媚态的宋玉小哥儿啦！一定又是怎样的纯真喽，勤勉喽，规矩喽。先生所喜欢的就是那种女性十足的漂亮小哥儿啦。

婵　娟　你一转身就要说朋友的坏话！

子　兰　婵娟，我伤到了你心上的人，是不是？

婵　娟　（微微生怒）谁个是我心上的人！你瞎说！

子　兰　我才不瞎说呢，你怕我不明白！那女性十足的漂亮小哥儿，就是你心上的人！

婵　娟　哼，我才不喜欢他呢。

子　兰　（起立）你不喜欢他！喜欢谁？

婵　娟　我喜欢我喜欢的人。

子　兰　（俯身以颜面就之）喜欢我吧，是不是？

婵　娟　我喜欢你，喜欢你受罪。（以手推之）

子 兰 （欲拥抱之）我就让你受罪！

婵娟一闪身跑下台阶，子兰扑空倒地，几跌至阶下。

婵 娟 （捧腹憨笑）呵哈哈哈……跛脚公子，真是受罪！真是受罪！

子 兰 （起来，生怒地）你这黄毛丫头！你怕我不能惩治你！（曳着微跛的脚急骤下阶，于阶下复失足倒地）

婵 娟 （已作势欲逃，见子兰倒地，复大笑）呵哈哈哈……跛脚公子，你再来吧！你再来吧！有胆量？

子 兰 （慢慢爬起来，坐在最低一段的阶段上，揉着右膝，表示无再追逐之意）唉，我的脚不方便，反正我也调皮不过你。

婵 娟 （微露怜悯意，但也不想近身）恭喜你，恭喜你啦。右脚又跌着了吗？两只脚都跛起来，岂不就扯平了吗？（又笑）

子 兰 （可怜地）你这刻薄鬼！我的脚不方便，你不晓得同情，偏要幸灾乐祸，加倍的嘲笑。你晓得不？你们女人们爱笑，是不祥的事啦。从前周幽王宠褒姒，在烽火台上戏弄诸侯，褒姒一笑而失天下。齐顷公的母亲，萧同叔子笑了晋大夫郤克，萧同叔子一笑而使齐国遭兵灾。你笑我嘛，我看你是得不到好死的！

婵 娟 （庄重了起来）是你自己不好啦。

子 兰 好的，好的，就算我不好吧。我是受了惩罚了。我现在连站都站不起来了。（作欲起立而不能之势）婵娟，好姑娘，好姐姐，请你来扶我一下好不？

婵 娟 （踌躇）我来扶你。你可不要再胡闹了。

子 兰 我不再胡闹了，我央求你啦。先生不要出来了？

婵 娟 （稍存警戒意，步至子兰身边）好的，我就扶你起来吧。（扶之起立）

子　兰　（脚方立定，复反身拥抱婵娟而欲亲其吻）你这次总逃不掉了！好家伙！

婵　娟　（挣扎）你这骗子！你这跛脚骗子！（用力将子兰推开，反身向橘林中逃避）

子兰追婵娟，二人在橘林中穿插追逐。

屈原由左门出场。

屈　原　你们在干什么？

子　兰　（故意做出可怜相）先生，婵娟欺侮我。她把我摔翻了，还骂我“跛脚骗子”。

婵　娟　不，是他先欺侮我的。

屈　原　（向婵娟，和婉地）婵娟，我看还是你的不是。他有残疾，行动不大方便，你应该照拂[①]他，为什么反而欺侮他？（停一忽）一个人要有反抗性，但也要有同情心。尤其是你们年青一代的人，不能以欺侮弱者来显示自己的英勇。这是我经常告诉你们的话。

婵　娟　（表示自歉）先生，我错了。我要永远记着你的指示，不再忘记。

屈　原　（牵动子兰）好，子兰，我同你去见南后。

屈原与子兰向右首走去。

——幕下

成长启示

屈原告诉宋玉，学习是每一个人都具备的能力，要运用好这种能力，充实自己的身心。他耐心地教导宋玉要向身边的人学习，向广阔的天地学习。青少年时期是吸收知识的最佳时期，我们要珍惜宝贵的学习时间和学习机会，做一个勤学、善学、爱学的人。活到

① 照拂　照料；照顾。拂，fú。

老，学到老，让学习贯穿我们的一生，这样才能收获更多，不断完善自己。

要点思考

1.在屈原看来，橘树和橘子具有怎样的精神特征？

2.舞台指示，指剧本里的叙述性文字说明，内容包括对人物的形象特征、心理活动和场景、气氛的描写，以及对时间、地点、动作的规定、提示或说明等。找出这一幕中的舞台指示，分类概括其不同作用。

佞臣靳尚前来拜见南后，说要联合张仪，设计打破楚王对屈原的信任。屈原赴命来到楚宫内廷，拜见南后郑袖，南后屏退众人，与屈原一同观看歌舞排演。这时，南后突然假装头晕，顺势倒入屈原怀中。这一幕，恰巧被回宫的楚怀王等人看见……

第二幕

楚宫内廷。

正面四大圆柱并列，中为明堂内室，左右有房，房前各有阶，右为宾阶，左为阼[①]阶。室后壁有奇古之壁画。左右房与室之间及前侧二面均垂帘幕，可透视，房之后壁正中有门，门上有金兽含环，门及壁上均有彩画。（此在南面，柱用深红色，帘幕用黄色）

右翼为总章内室之右房，亦有阶有柱有帘有壁画等事，与正面同。（此在正西面，柱色同，帘幕用白色）

左翼为青阳内室之左房，布置同。（此在正东面，柱色同，帘幕用青色）

正前隙地为中霤[②]。正中及左右建构不相衔接，其间有侧道可通中霤。

明堂内室中设有王位，较高大，左右两侧各设一位。

---

① 阼　zuò，古代指大堂前东面的台阶，主人迎接宾客的地方。

② 中霤　上古人居于洞穴，在顶上开洞取明，雨水从洞口滴下，故谓之“霤”。后因称房室中央取明处为“中霤”。即今之“天窗”。霤，liù。

幕开，南后郑袖立正中阶上指挥女史数人在室中布置。于王位面以虎皮，其前亦以虎皮席地。于左右位面以豹皮，其前亦以豹皮席地。另有女史数人在左右房中拂拭编钟编磬琴瑟等陈设。

南后年三十四五，美艳而矫健。俟布置停当后，略加巡视，表示满意。

南　后　你们倒还敏捷。我还怕你们来不及啦，现在算好，一切都停当了。

女史甲　启禀南后，那前面两房的帘幕，是不是就揭开来?

南　后　不，那等开筵[1]之后再行揭开。歌舞的人都已经准备停当了吧?

女史乙　都早已准备停当了，西边是准备唱歌的，东边是准备跳舞的。

南　后　那很好，还要叫他们注意一下，不要耽误了时刻，不要弄乱了次序。

众女史　是，我们一定要严格地督率着他们。

南　后　我看，你们应该把职守分一下才好。（指女史甲）你管堂上奏乐和行酒的事。（指女史乙）你管堂下歌舞的事。你们两个各自选几个得力的人做帮手。今天的事情假使办得很好，我一定要奖赏你们的。假使办得不好，那你们可晓得我的脾气!

众女史　（表示惶恐，但亦显得光耀）是，我们一定要尽我们的全力办理。

南　后　要能够那样，就好。此外一些琐碎的事用不着我吩咐了，你们都是有经验的。总之要能够临机应变，一呼百诺，说要什么就有什么。在预定的节目内的，固然要准备，就是

---

① 筵　yán，古人席地而坐，用筵作坐具，所以座位也称“筵”。后专指酒席。

在预定的节目外的，也要有见机的准备。国王的脾气你们也是很清楚的！万一有什么差池，责任是要落在你们的头上。

众女史 是，我们知道。

南　后 好的，那么你们可以下去了，假使上官大夫到了，赶紧把他引到这儿来，说我在等他。

众女史 （应命）是。（分别由左右阶下堂，再行鞠躬，复向左右首侧道下场）

南后一人由阼阶下堂，在中霤中来回踯躅，若有所思。有间，女史甲引靳尚由左翼侧道上。靳尚是一位瘦削的中年人，鹰鼻鹞[1]眼，两颊洼陷，行动颇敏捷。

女史甲 启禀南后，上官大夫到了。

南后回顾，靳尚趋前行礼。

靳　尚 敬请南后早安！

南　后 （略略答礼，向女史甲）你可以下去。

女史甲应命，鞠躬由原道下。

南　后 （登上右翼总章右房之阶段上）上官大夫，我昨天晚上托你的事情，怎么样了？

靳　尚 启禀南后，我是早就应该来禀报的。昨天晚上太迟，今天清早又奉了命令要准备中午的宴会，竟抽不出时间来。刚才国王出宫外去了，我疑心他是去找三闾大夫，所以我特地跑到屈原那里去探望了一下。好在国王并不在那儿，恐怕是到令尹子椒那里去了！

南　后 （略有愠色[2]）你怎这样的啰唆！我是在问你昨天晚上去会张仪的事情啦！

---

① 鹞　yào，一种像鹰而略小的猛禽。

② 愠色　恼怒的脸色。愠，yùn。

靳 尚 是的，南后，你听我慢慢地向你陈述吧。我跑到屈原那里去，是怕国王到了他那里，又受了他一番鼓吹。国王如果要他今天中午来陪客，那事情就不大好办。好在我跑去看，国王并不在他那儿，我是刚从那儿跑回来的。我想国王一定是到令尹子椒那里去了。要那样就毫无问题，即使国王要叫令尹子椒来陪客，也是很好商量的。令尹子椒，那位昏庸老朽，简直是活宝贝啦……

南 后 哎，你赶快把我所问的事直截了当地回答吧，你到底要兜好多圈子！

靳 尚 是，是，很快就要说到本题了。因为事体很复杂，也很要紧，要慢慢把头绪理清楚，说来才不费事。南后，慢工出细活儿啦。

南 后 （生气，愈着急）哎，我看你这个人的话，真是大牯牛①的口水——太长！

靳 尚 （故意，略呈惶恐）是，是，是，我就说到本题了。（向四下回顾了一下，把声音放低了些）我昨天晚上到张仪那里去，我把南后送给他的礼物亲手交给了他。我说："阁下，南后命我来向阁下问安，送了这点菲薄的礼物，以备阁下和阁下的舍人们回魏国去的路费，真是菲薄得很，希望阁下笑纳。……"

南 后 你不必把我当成张仪，不要这样重皮叠髓地说！张仪到底表示了些什么态度？

靳 尚 张仪的态度吗？是，我看他接受了你的礼物，他很高兴。他说："请你回去禀报南后，我张仪实在是万分感激。这次由秦国来，没有多带盘费，舍人们的衣冠都破烂了，简直不能成个体统，得到南后这般的厚爱，实在是万分感

---

①牯牛　公牛。牯，gǔ。

激。望你多多在南后面前为我致谢。……”

南　后　哎呀呀，你又把你自己当成张仪了，真是糟糕！到底张仪对于我所要求的事，他表示了什么意见？

靳　尚　他表示了很多意见啦，南后，你听我说吧。我对他说：“南后问你是不是很快地便要到魏国去？”他说：“是呀。”我又说：“南后听说你到魏国去，有意思替敝[①]国的国王选些周郑的美女回来，南后是非常感激的。……”

南　后　我怎么会感激？谁要你这样对他说？

靳　尚　唉，南后，你怎得聪明一世……唉，不好说得。

南　后　你说我“糊涂一时”吧！我没有你糊涂！

靳　尚　你想，我在张仪面前，怎好直说出你不高兴？你从前对待魏美人的办法，我是记得的，你恕我再唠叨一下吧。从前我们的国王有一次喜欢那位魏国送来的美人，你对她也不表示你的嫉妒，反而特别加以优待，显示得你比国王还要喜欢她。因此国王也照常地喜欢你，说你丝毫也不嫉妒。后来你就对那位魏美人说：“国王什么都喜欢你，只是不喜欢你的鼻子。你以后见国王的时候，最好把鼻子掩着。”那魏美人公然也就听了你的话。到后来国王问你：“那魏美人见了我为什么一定要掩着鼻子？”你就说：“她是嫌国王有股臭气。”这样就使得我们的国王把那魏美人的鼻子给割掉了。你那个办法是多么精明呀！

南　后　哼，谁要你来恭维！我现在的年纪已经不比当年了，我急于要知道张仪的态度，而且急于要想方法来挽救，你偏偏在那儿兜圈子。你是有意和我作弄吗？

靳　尚　南后，你用不着那么着急，事情已经有了把握，所以我才这样按部就班地告诉你。假使没有把握，我实在是比你还

---

① **敝**　bì，谦辞，用于称跟自己有关的事物。

要着急呢。

南　后　哼，你讲，你究竟有什么把握？你讲！你直截了当地讲！

靳　尚　那张仪毕竟是个聪明人，他经我那么一提，倒有点出乎意外。他问我："那真是南后的意思吗？"我说："南后确实是那样告诉我的，大概总不会是假的吧。"他踌躇了好一会儿，接着又说，他往魏国倒并不是本意。因为他从秦国带来的要求，国王不肯接受，国王不肯和齐国绝交，不肯接受秦国的土地，他就没有面目再回到秦国去，所以也就只得跑回魏国了。（稍停）他就这样把他的真心话说了出来，所以这个问题据我看来，倒不在乎他到不到魏国去找中原的美人，而是我们要设法使他能够回到秦国。

南　后　你反正还是啰唆，这算得有什么把握呢？国王已经听信了屈原的话，要和齐国重申和亲的盟约，已经叫你们在草拟国书了。而且国王回头就要给张仪饯行送他回到魏国，你有什么把握能够使他回到秦国呢？

靳　尚　把握是有的。我们所当争取的也就是这个中午了。我同张仪商量过一下，我们的意见是应该就在这短期间之内打破国王对于屈原的信用！（口舌带着热情地流利了起来）这件事情，须得我同你两个内外夹攻。国王的性情和脾味我们是摸得很熟的。我自己是早有成竹在胸，不过在你这一方面，要望你把你的聪明多多发挥一下啦！

南　后　（呈出适意的神气）哼，你有什么成竹在胸，你不妨讲给我听听。（步下阶来）

靳　尚　南后，我希望你把耳朵借给我。

南后以耳就靳尚，靳尚与之低语有间。

南　后　（略略摇首）可是，你这把握并不十分可靠。

靳　尚　所以要希望你后援啦。

南　后　哼，我老实告诉你，我也早就有我的把握的。我所关心的就是张仪的态度。只要他和我们扣在一起，有心回秦国，那问题就好解决了。

靳　尚　是，南后，你的把握，好不也让我知道一些？

南　后　那可不必。“机事不密则害成”，你回头慢慢看好了。三闾大夫是很快就会到我这儿来的。

靳　尚　（惊异）怎么？屈原会到这儿来？

南　后　是的，我叫子兰去请他去了，他是一定会来的。

靳　尚　（狐疑地）那么，南后，我简直不明白你的意思了。

南　后　我的意思，我也并不想要你明白。我认真告诉你：国王确实是到令尹子椒那里去了。去的时候我同他说过，回头我要派你去请他回来。你到子椒那里，一方面也正好趁着机会，把你想要说的话对他说。你等子兰回来，便可以走了。（突生警觉）外面已经有人的脚步声，你留意听。（又低声补说）还有，你引国王回来的时候从那边进来，（指着左翼）一定要叫两名女官先把门打开，再揭开帘幕，转身下去，你们再走进来。千万照着我所吩咐的做，不准有误。

靳尚点头，二人缄默[1]倾听，向左翼侧道方面注视。

屈　原　（内声）子兰，南后是在什么地方等我？

子　兰　（内声）妈说，在青阳内室呢，你跟定我来吧。

二人由左翼侧道出场。见南后，即远远伫立。

子　兰　妈，我把三闾大夫请来了。

南　后　（呈出极喜悦的面容，向屈原迎去）啊，三闾大夫，你来得真好。我等了你好一会儿了。

屈　原　（敬礼）敬请南后早安，南后有什么事需要我？

南　后　大大地需要你帮忙啦。国王听信了你的话，不和齐国绝交，张仪是决心回魏国去了。回头国王要替他饯行，我们准备

---

① 缄默　闭口不说话。缄，jiān。

了一些歌舞来助兴，这是非请你来指示不可的。我们慢慢商量吧。（回向靳尚）上官大夫，你的任务，主要是在外面周旋，你须得叫膳夫庖人做好好的准备。说不定国王还要歃血为盟[1]呢，珠盘玉敦的准备也是不可少的。

靳 尚 （鞠躬）是，我一定要样样都准备得很周到。我便先行告退。（向南后行礼，又向屈原略略拱手）三闾大夫，我刚才到你府上去来。

屈 原 （还礼）遗憾，有失迎迓。

靳 尚 你那可爱的婵娟姑娘把我的话告诉了你吗？

屈 原 婵娟已经传达了，谢谢你。

南 后 （向子兰）子兰，你去把那扮演《九歌》[2]的十位舞师给我叫到这儿来，要他们通统都装扮好。

子 兰 知道了，妈。（向南后及屈原打拱，随靳尚由右翼侧道下）

南 后 （向屈原）三闾大夫，你听我说。我这个孩子真是难养呢，左脚不方便，身体又衰弱，稍一不注意便要生出毛病。这一向又病了几天，先生那儿的功课又荒废了好久啦。

屈 原 那是不要紧的。公子子兰很聪明，只要身体健康，随后慢慢学都可以学得来。

南 后 做母亲的人一般总是抱着过高过大的希望，一面要孩子的身体好，一面又要孩子的学问好。不过有时候这两件事情实在也难得兼顾。所以我在一般人看来，恐怕对于我的孩子不免有点娇养吧？好在先生是他的老师，有你这样一位好老师，他将来一定可以成器。

---

① 歃血为盟 古代举行盟会，盟约宣读后，参加者用口微吸所宰牲畜之血，以示诚意。歃，shà。

②《九歌》《楚辞》篇名。“九歌”原为传说中的一种远古歌曲的名称。《楚辞》的《九歌》，一般认为是屈原据民间祭神乐歌改作或加工而成。

屈　原　多承南后的奖励。子兰公子，我是把他当成兄弟一样在看待，我只希望他身体健康，心神愉快，将来能够更加用功。我自己是要尽自己的全力来帮助他的。

南　后　多谢你啦，三闾大夫，那孩子真真是幸福。得到你这样一位道德文章冠冕天下的人做他的老师。事实上连我做母亲的人也真真感觉着幸福呢。

屈　原　多承南后的奖励。

南　后　子兰的父亲也时常在说，我们楚国产生了你这样一位顶天立地的人物，真真是列祖列宗的功德啊。

屈　原　（愈益恭谨）臣下敢当不起，敢当不起！

南　后　屈原先生，你实在用不着客气，现在无论是南国北国，关东关西，哪里还找得到第二个像你这样的人呢？文章又好，道德又高，又有才能，又有操守，我想无论哪一国的君长怕都愿意你做他的宰相，无论哪一位少年怕都愿意你做他的老师，而且无论哪一位年青的女子怕都愿意你做她的丈夫啦。

屈　原　（有些惶惑）南后，我实在有点惶恐。我要冒昧地请求南后的意旨，你此刻要我来，究竟要我做些什么事？

南　后　啊，我太兴奋了，你怕嫌我过于唠叨了吧？我请你来，刚才已经说过，就是为了歌舞的事情。我是已经叫他们把你的《九歌》拿来歌舞的。经你改编过的那些歌辞，实在是很优美。我是这样布置的，你看怎么样呢？（指点）在那明堂内室的左右二房里面陈列乐器，让乐师们在那儿奏乐。唱歌的就在这西边的总章右房，跳神的就从那东边的青阳左房出现。单独的跳舞在房中各舞一遍，一共十遍；最后的轮回舞在这中霤跳舞，把《礼魂》①那首歌反复歌

①《礼魂》《楚辞·九歌》篇目。为《九歌》最后一篇。王夫之谓系送神之曲。当系《九歌》之尾声。

唱，唱到适度为止。你觉得这办法好不好呢？

屈　原　那是再好也没有。

南后与屈原对话中，子兰引舞者十人由右翼侧道登场。舞者均奇装异服，头戴面具，与青海人跳神情景相仿佛。舞者第一人为东皇太一，男像，面色青，极猛恶，右手执长剑，左手持爵[1]。第二人为云中君，女像，面色银灰，星眼，衣饰极华丽，左手执日，右手执月。第三人为湘君，女像，面白，眼极细，周身多以花草为饰，两手捧笙。第四人为湘夫人，女像，面色绿，余与湘君相似，手执排箫。第五人为大司命，男像，面色黑，头有角，手执青铜镜。第六人为少司命，女像，面色粉红，手执扫帚，司情爱之神也。第七人为东君，太阳神，男像，面色赤，手执弓矢，青衣白裳。第八人为河伯，男像，面色黄，手执鱼。第九人为山鬼，女像，面色蓝，手执桂枝。第十人为国殇，男像，面色紫，手执干戈，身披甲。十人步至明堂内室前，整列阶下，身转向外。

子　兰　（俟南后与屈原对话告一段落）妈，这十个人我把他们引来了。

南　后　好的。（略作考虑）我看索性叫那些唱歌的、奏乐的，也通统就位，预先来演习一遍。三闾大夫，你觉得怎样？

屈　原　那是很好的，待我下去吩咐女官们，叫他们就位好了。

南　后　（急忙拦住他）不，不好要你去。子兰，你去好了。还要叫没有职务的女官们都不准进来！你也不准进来了！

屈　原　子兰走路太辛苦……

但屈原话犹未说完时，子兰已跛着由右首侧道跑下。

南　后　小孩子还是让他勤劳一下的好，这不是你素常的教条吗？

---

① 爵　jué，古代饮酒的器皿，有三条腿，口沿上有双小柱。

（回顾十人）我看，你们坐下去好了，站着不大美观。本来是要让你们由那东边的青阳左房出场的，你们现在已经出来了，就坐在那儿好了。

十人坐下。

南　后　每一个人的独舞是要在房中跳舞的，时间不够，我看就只跳那最后的一轮合舞好了。（又回顾屈原）三闾大夫，你觉得怎样？

屈　原　那样要好些，的确时间是不够了。

南　后　是的，国王恐怕也快回来了。他是到令尹子椒家里去了。你是知道他的，他平常每每喜欢做些出其不意的事。有好些回等你苦心孤诣地把什么都准备周到了，他会突然中止。但有时在你毫无准备的时候，他又会突然要你搞些什么。真是弄得你星急火急。我看他的毛病就是太随自己高兴，不替别人着想。就说今天的宴会吧，也是昨晚上才说起的。说要就要，一点儿也不能转移。你看，这教人吃苦不吃苦？

屈　原　南后，你实在太辛苦了。我在家里丝毫风声也不知道。刚才上官大夫到我家里来，才把消息传到了。我丝毫也没有出点儿力，心里很惶恐。

南　后　三闾大夫，你不必那样客气啦。我本来也想早些通知你的，请你来指导我们。不过我又想这样琐碎的事情不好来麻烦你。你们作诗的人，我自信是能够了解的，精神要愈恬淡，就愈好。你说是不是？

屈　原　有时候呢……（想说“有时候是这样”，但未说完）

南　后　所以我决心不想麻烦你。我想到你的《九歌》，那调子是多么的活泼，多么的轻松，多么的愉快，多么的婉婉呀！那里面有好些辞句是多么的芬芳，多么的甜蜜，多么的优美，多么的动人呀！我想你做出了那样的好诗，一定是很高兴的。你使我们大家都高兴了，我们也应该使你更加高兴一下。因此我也就决心自己亲自来编排一次，让你看看你所给予我们的快乐是多么的大呀。

屈　原　啊，南后，你实在是太使我感激了。你请让我冒昧地说几句话吧：我有好些诗，其实是你给我的。南后，你有好些地方值得我们赞美，你有好些地方使我们男子有愧须眉[①]。我是常常得到这些感觉，而且把这些感觉化成了诗的。我的诗假使还有些可取的地方，容恕我冒昧吧，南后，多是你给我的！

南　后　（表示极其喜悦）哦，真是那样吗？我真高兴，我真幸福，我真感激你啦！不过我自己是明白的，你不一定完全满意我。像我这样的人，你怕感觉着不太纯真，不太素朴，不太悠闲贞静吧？是不是？

屈原踌躇着，苦于回答。

南　后　你不说，你的心我也是知道的。不过这是我的性格。我喜欢繁华，我喜欢热闹，我的好胜心很强，我也很能够嫉妒，于我的幸福安全有妨害的人，我一定要和他斗争，不是牺牲我自己的生命，便是牺牲他的生命。这，便是我自己的性格。（略停）三闾大夫，你怕会觉得我是太自私了吧？

屈原仍苦于回答。

南　后　我看你不要想什么话来答复我吧，你不答复我，我是最满意的。你的性格，认真说，也有好些地方和我相同，你是不愿意在世间上做第二等人的。是不是？（略停）就说你的诗，也不比一般诗人的那样简单，你是有深度，有广度。你是洞庭湖，你是长江，你是东海，你不是一条小小

---

①须眉　指男子。

的山溪水，你不是一个人造的池水啦。你看，我这些话是不是把你说准确了？

屈　原　（颇觉不安）南后，我实在不知道怎样回答你的好。不过我自己的缺点很多，我是知道的，我是很想尽量地减少自己的缺点。

南　后　也好。或许你能够甘于寂寞，但我是不能够甘于寂寞的。我要多开花，我要多发些枝叶，我要多多占领阳光，小草、小花就让它在我脚下阴死，我也并不怜悯。这或许是我们的性格不同的地方吧。

在二人对话之中，唱歌及奏乐者已全部由内门入房就位，透过帘幕，隐约可见。

南　后　（转过意念）哦，这样的话说得太多了，歌舞的人都已经准备停当了，三闾大夫，我看我们就叫他们开始跳神吧。

屈　原　好的，就让他们跳《礼魂》。

南　后　（向房中奏乐及歌唱者）你们听见了吧！要你们试奏《礼魂》之歌。（又向舞者）你们可以站起来了。等我站到明堂的台阶上去，用手给你们一挥，你们的歌、乐、舞三种便一齐开始。要你们停止的时候也是这样。（向屈原）三闾大夫，我们上阶去。

南后先由西阶（右首宾阶）上，屈原改由东阶（左首阼阶）上，相会于正中之阶上。舞者十人前进至舞台前，向后转。房中人均整饬做准备，注视南后。

南后将左手高举，一挥，于是歌舞乐一齐动作。舞者在中霤成圆形旋转，渐集拢，又渐散开。歌者在房中反复歌《礼魂》之歌。

唱着歌，打着鼓，
手拿着花枝齐跳舞。
我把花给你，你把花给我，

心爱的人儿，歌舞两婆娑。

春天有兰花，秋天有菊花，

馨香百代，敬礼无涯。

歌舞中左侧青阳左房之正中后门被推开，女官甲、乙走出，将房前帘幕向左右分揭套于柱上。对歌舞若无闻见者然，复由后门退下。

南后复将左手高举，一挥，歌舞乐三者一齐停止。

南　后　啊，我头晕，我要倒。（作欲倒状）三闾大夫，三闾大夫，你快，你快……（倒入屈原怀中）

屈原因事起仓促，且左右无人，亦急将南后扶抱。

楚怀王偕张仪、子椒、上官大夫出现于青阳左房，诸人已见屈原扶抱南后在怀，但屈原未觉，欲将南后挽至室中之座位。

南　后　（口中不断高呼）三闾大夫，三闾大夫，你快，你快……（及见楚怀王已见此情景，乃忽翻身用力挣脱）你快放手！你太出乎我的意外了！你这是怎样的行为！啊，太使我出乎意外了！太使我出乎意外了！（飞奔向楚怀王跑去）

屈原一时茫然，不知所措。

楚怀王及余人由东房急骤下阶，迎接南后。

南　后　（由左阶奔下，投入楚怀王怀抱）太出乎我的意外了！太出乎我的意外了！

楚怀王　你把心放宽些，不要怕！郑袖呀！

南　后　啊，幸亏你回来得恰好，不然是太危险了！我想三闾大夫怕是发了疯吧？他在大庭广众之中，便做出那样失礼的举动！

屈　原　（此时始感觉受欺，略含怒意地）南后，你，你，你怎么……

楚怀王　（大怒）疯子！狂妄的人！我不准你再说话！

屈原怒形于色，无言。

南　后　（气稍放平）啊，我真没有料到，在这样大庭广众当中，而且三闾大夫素来是我所钦佩的有道德的人。

楚怀王　（拥扶着南后）你再放宽心些，用不着害怕，用不着害怕。

楚怀王扶南后上阼阶，余人亦随后上阶。

屈　原　（见楚怀王走近身来，拱手敬礼）大王，请容许我申诉！

楚怀王　（傲然地）我不能再容许你狂妄！唬，你这人真也出乎我的意外！我是把你当成为一位顶天立地之人，原来你就是这样顶天立地的！你在人前夸大嘴，说我怎样的好大喜功，变幻无常，我都可以容恕你。你说楚国的大事大计、法令规章，都出于你一人之手，我都可以容恕你。你说别人都是谗谄奸佞，只有你一个人是忠心耿耿，我都可以容恕你。但你在大庭广众之中，在我和外宾的面前，对于南后竟做出这样狂妄滔天的举动，我怎么也不能容恕！

屈　原　（毅然）大王，这是诬陷！

楚怀王　（愈怒）诬陷？我诬陷你？南后她诬陷你？我还能够相信得过我自己的眼睛啦。假使方才不是我亲眼看见，我也不敢相信。哼，你简直是疯子，简直是疯子！我从前误听了你许多话，幸好算把你发觉得早。你以后永远不准到我宫庭里来，永远不准和我见面！

屈　原　（沉着而沉痛地）大王，我可以不再到你宫庭里来，也可以不再和你见面。但你以前听信了我的话一点也没有错。你要多替楚国的老百姓设想，多替中国的老百姓设想。老百姓都想过人的生活，老百姓都希望中国结束分裂的局面，形成大一统的山河。你听信了我的话，爱护老百姓，和关东诸国和亲，你是一点也没有错。你如果照着这样继续下去，中国的大一统是会在你的手里完成的。

楚怀王屡欲爆发，但被南后从旁制止。

南后、张仪及余人均采取冷笑态度。

屈　原　（愈益沉痛）但你假如要受别人的欺骗，那你便要成为楚国的罪人。

楚怀王　（怒不可遏）简直是一片疯话！……这……这……这……

南　后　（从旁制止）你让他把疯话说够吧。

屈　原　（愈益沉痛）你假如要受别人的欺骗，一场悲惨的前景就会呈现在你的面前。你的宫庭会成为别国的兵营，你的王冠会戴在别人的马头上。楚国的男男女女会大遭杀戮，血水要把大江染红。你和南后都要受到不能想象的最大耻辱。……

楚怀王　（暴怒至不能言）这……这……这……

南　后　（奚落地）南国的圣人，不能再让你这样疯狂下去了。（回顾令尹子椒及靳尚）你们两人把他监督着带下去，不然他在宫庭里面不知道还要闹出什么乱子。

楚怀王　（怒不可遏）把他的左徒官职给免掉！

子　椒　（鞠躬）是。

靳　尚　（同时）我们遵命。

子椒及靳尚上前扶持屈原。

屈　原　（愤恨地）唉，南后！我真没有想出你会这样的陷害我！皇天在上，后土在下，先王先公，列祖列宗，你陷害了的不是我，是我们整个儿的楚国呵！（被扶持至西阶，将由右翼侧道下场，仍亢声斥责）我是问心无愧，我是视死如归，曲直忠邪，自有千秋的判断。你陷害了的不是我，是你自己，是我们的国王，是我们的楚国，是我们整个儿的赤县神州呀！……

南后闻屈原言，为之切齿，似恨复似畏。

楚怀王　唉，简直是发了疯，简直是发了疯。（扶南后坐左席）你不用害怕，好生休息一下。

南　后　（振作起来）不，大王。我并不怕他，我怕的是对于张仪先生太失礼了。

楚怀王　（此时仿佛才忽然记起张仪在自己身边）啊，是的，张先生，真是太失礼了。请坐，请坐。（肃张仪就右席）

张　仪　（拱手谦让）岂敢，岂敢。（就座）

楚怀王亦就正中座位。

张　仪　请恕客臣冒昧，这位高贵的人就是南后郑袖吗？（对南后作拱手状）

楚怀王　（忙作介绍）呵，是的，是的，这就是我的爱妃郑袖。（向南后）这位就是秦国的丞相张仪先生啦。我们在子椒那里碰了头，所以便把他拉来了。

南后、张仪相互目礼。

张　仪　我今天第一次拜见了南后，要请南后和大王再恕客臣的冒昧，我才明白……（欲语，但又踌躇）

南　后　张仪先生，你有什么话就请不客气地说吧，反正我是南国的女人，不懂中原的礼节的。

张　仪　（再作道歉状）要请恕我的冒昧，我今天拜见了南后，我才明白——屈原为什么要发疯了。

楚怀王　（大喜，狂笑）呵，哈哈哈……真会说话，真会说话。

南　后　（微笑）张仪先生，你真是善于辞令。

张　仪　真的，客臣走过了不少的地方，凡是南国北国、关东关西，我们中国的地方差不多都走遍了。而且也过过各种各样的生活，以一介的寒士做到一国的丞相，公卿大夫、农工商贾、皂隶舆台[①]、蛮夷戎狄，什么样的人差不多我都看过了。但要再请恕臣的冒昧。（又作一次道歉状）我实在没有看见过，南后，你这样美貌的人呵！

① 皂隶舆台　泛指古代社会地位低下的人。

楚怀王　（愈见高兴）呵，哈哈哈……我原说过，天地间实在是不会有第二个的。

张　仪　没有，没有，实在没有。

楚怀王　昨天你还在替中原的女子鼓吹，你不是说“周郑之女，粉白黛黑，立于街衢，见者人以为神”吗？

张　仪　唉，那是客臣的井蛙之见喽，所谓“情人眼里出西施”啦。我自己是周郑之间的人，我所见到的多是周郑之间的女子，可我今天是开了眼界了。（又向南后告罪）南后，请你再再恕我的冒昧，你怕是真正的巫山神女下凡吧？

南　后　（微笑）张仪先生，你真是善于辞令。

楚怀王　好了，好了，你们两位不必再互相标榜了。（起立，执张仪手一同起立）总之，张仪先生，我很佩服你。你说凡是一口仁义道德的人，都是些伪君子，真是一点也不错。我看你是用不着到魏国去了，我也不希望你去给我找什么美人。我是不再听那个疯子屈原的话了，你能够使秦王听信你的话，对于我特别表示尊敬，我很满意。我一定要和齐国绝交，要同秦国联合起来，接受秦国商於之地六百里。

张　仪　那真是秦、楚两国的万幸！

楚怀王　（又至南后前执其手，使之起立）今天你实在是辛苦了。疯子屈原做的东西，我现在再也不能忍耐。今天的跳神可以作罢。（稍停又一转念）就是今天的宴会也可以作罢。我们同张仪先生此刻到东门外去散步，也不要车马，我们到东皇太一庙去用中饭，那倒是蛮好玩儿的。（回向张仪）好，张仪先生，我们就走吧。这些鬼鬼怪怪的东西（指中霤中之跳神者，见他们仍因未奉命不能退场，只三三两两或坐或立，散布于庭中——东皇太一与云中君坐东房阶上，山鬼立于其侧；大司命与少司命坐西房阶上，国殇立于其侧；东君与河伯倚东房之柱而立；湘君与湘夫人倚西房之柱而立）就尽他们来收拾好了。

三人行至阶前。

令尹子椒与靳尚复由右首出场，在阶下向楚怀王敬礼。

子　椒　启禀大王，屈原已经解除了他的职位。放他走了。

靳　尚　他走的时候仍然叫不绝口，把冠带衣裳通统当众撕毁了。

楚怀王　（复厉声大怒）哦，真是疯子！你们把这些鬼鬼怪怪的东西，通统给我撤下去！

——幕下

宋玉和公子子兰在橘园说话，忽然看到屈原潦倒地走来。二人大惊，赶忙迎上去。只见屈原时而捧着头，时而用手挠抓散发，一直说被陷害的不是自己，而是楚国。靳尚前来，将发生在宫庭里的事情添油加醋地散播出去。众人被蒙蔽，以为屈原发了疯，决定给他招魂。

第三幕

景与第一幕同。时间在中午过后不久。

宋玉执竹帚在园中扫除。扫除毕后，复将竹帚倚置亭阶前。

宋　玉　（背倚一株橘树，从怀中取出《橘颂》帛书放声诵读）

辉煌的橘树呵，枝叶纷披。

生长在这南方，独立不移。

绿的叶，白的花，尖锐的刺。

多么可爱呵，圆满的果子！

（读至此，闭目暗诵。诵至“独立不移”不能记忆，乃复张目视书，立即闭目暗诵，又将八句重诵一遍。然后再张目视书，继读下文）

由青而黄，色彩多么美丽！

内容洁白，芬芳无可比拟。

植根深固，不怕冰雪雾霏。

赋性坚贞，类似仁人志士。

（又闭目暗诵。至“内容洁白”复不能记忆，张目视书，复掉头暗诵。诵毕又从头诵起，虽途中略有停顿，但终于成诵。于是复继读下文）

呵，年青的人，你与众不同。
你志趣坚定，竟与橘树同风。
你心胸开阔，气度那么从容！
你不随波逐流，也不故步自封。

（读至此，复行闭目暗诵）

此时公子子兰偷偷由后门入场，轻脚走至宋玉身边，宋玉未觉。子兰以手抓宋玉左股，学狗叫。

宋　玉　（大惊）啊，你骇[①]了我一大跳。

子　兰　（捧腹而笑）呵，哈哈哈。……

宋　玉　你怎么又跑来了，先生呢？

子　兰　先生在明堂内室和我妈在商量跳舞《九歌》的事啦。《九歌》的跳神我觉得是蛮好玩儿的，我实在是很想看，但妈不要我看。今天真奇怪，平常凡是有歌舞的时候，都是准我看的。独于今天连演习都不准我看，所以我就偷着空儿跑到这儿来啦。

宋　玉　你怕你妈吗？

子　兰　哼，不仅是我，连我爸爸都还怕她呢。我看宫庭里面的人恐怕没有一个不怕她。就是上官大夫虽然和她感情很好，也是害怕她的。他在妈的面前，凡事都只有唯唯听命[②]而已。

宋　玉　我看，我们先生似乎不怕她。

子　兰　唉，不错，先生好像不怕她。看来，使人害怕的人，自己

---

① 骇　hài，惊吓。

② 唯唯听命　是命令就服从，不敢有半点儿违抗，形容绝对服从。

总是不怕人的。除我妈而外，先生也是使我害怕的一个。

宋　玉　不过先生是威而不猛，南后恐怕是猛而不威吧？

子　兰　吓，你公然有胆量，说我妈的坏话啦！

宋　玉　（拱手谢罪）我是说顺了口，有罪有罪。

子　兰　你在我面前说说倒没有什么，不过你倒要谨慎些，担心你的脖子呢。你在读什么？

宋　玉　（以《橘颂》示之）是先生今早作的一首诗。

子　兰　（略略看看即退还宋玉）唔，《橘颂》。为什么不写首《兰颂》呢？那样的时候，我就占便宜了。

宋　玉　先生的诗里面，有很多地方是咏到兰花上来的，我看你占的便宜已经不少了。

子　兰　那倒不错，先生是很喜欢兰花的，只可惜不大喜欢我这一个“兰”。他常常说我不肯用功，他挖苦我，说我会变成蓍茅[①]草，使我怪难为情的。我有时候倒很想改名字呢。

宋　玉　你不肯用功，倒也是实在情形。我看你也用不着用功吧，你是王孙公子，反正也是变不成蓍茅草的。

子　兰　对喽，兰为王者之香，说不定我还要变成为楚国的国王呢。

宋　玉　可惜你哥哥在做太子，他现在还在秦国，还没有死！

子　兰　他不会早死，你能够断定吗？况且我爸爸喜欢我妈，我妈又喜欢我，只要我妈是高兴我做国王，你怕我做不成国王吗？

宋　玉　（戏以帛书卷为笏[②]，向子兰敬礼）启禀国王，臣宋玉再拜稽首[③]，对扬王休。

---

① 蓍茅　shīmáo，一种多年生草本植物。

② 笏　hù，古代君臣在朝廷上相见时手中所拿的狭长板子，用玉、象牙或竹片制成，上面可以记事，后来只有大臣使用。

③ 稽首　古时的一种礼节，跪下，拱手至地，头也至地。稽，qǐ。

子　兰　（*俨然受之*）好！我将来假使做了国王的时候，我一定要封你为令尹啦。假使你不会做令尹，也要封你为左徒，就跟先生现在的官职一样，让你专门管文笔上的事情。

宋　玉　不错，这层我倒是很愿意的。文笔上的事情，我觉得很有把握。认真说，就是先生的文章，有好些我也不好佩服。就像他这篇《橘颂》，还不是一套老调子！而且有好些话说了又说，岂不是台上筑台，屋上架屋吗？先生的脾气总有些大刀阔斧的地方。他是名气大了，写出来的东西人家总说好，假使这《橘颂》换来是我写的，人家一定要说是幼稚了。

子　兰　你的见解，我不能全部同意。这《橘颂》，我觉得在先生的诗里倒还要算雅致一些。他的好些诗，总爱把老百姓的话渗在里面，我就有点看不惯。上官大夫和令尹子椒也不恭维他，说他太粗糙、太鄙俚①了。你假如做了我的左徒，那你可不能过于放肆。（*心机转变*）哦，婵娟呢？怎么不见人呢？

宋　玉　她在前面用功啦，你来是特地找她的吧？

子　兰　假使是那样，又会使得你不高兴，是不是？

宋　玉　我有什么不高兴啦？你不要任意忖度②人。你以为我喜欢那种没斤两的吗？哼，我和你的派数不同。你们做王孙公子的人，专爱讨便宜，想尝尝小家碧玉的味道。我们出身寒微的人，老实说是想高攀高攀一下的啦。愈难得到手的东西，才叫愈好吃。

子　兰　唉，你还有这一套见解！那么你是不喜欢婵娟了。

宋　玉　也没有什么特别不喜欢。不过喜欢她又怎么样呢？她那样

---

① 鄙俚　粗野；庸俗。

② 忖度　cǔnduó，推测；揣度。

古古板板的人丝毫也不能帮助我，而且她是丫头出身啦！假使要拿来做老婆的话，岂不是前途的障碍吗？

子　兰　唉，你这个宝贝！原来比我还要势利。你一向装得来那样的清高！好的，我从今天起把你当成好朋友了。我们将来一定要有福同享，有祸同当，你高兴不高兴？

宋　玉　我当然是高兴的。就跟先生目前对于你爸爸是很大的帮助一样，我将来对于你也一定有不小的帮助。特别是文字上的工作我是很有自信的。

屈原散发，着袭衣，以异常愤激的神态由外园门入场。

宋玉与子兰二人见之均大惊，迎接上去。

宋　玉　先生，你怎的？

子　兰　（同时）出了什么事吗？先生！

屈　原　（不加理会，愤愤走至亭阶前停步）哼，真没有想出，你会这样的陷害我！可你陷害的不是我，是我们整个儿的中国呵！

弟子二人畏缩地走至屈原身边，欲有所问。

屈　原　你们不要挨近我，我要爆炸！（以急骤的步伐登上亭阶，在亭栏上任意就座。以两手紧捧其头，时抓散发。默坐有间，复以拳头击膝，愤然而起，在亭中反复回旋）

弟子二人不敢近身，只虔立于阶下，面面相觑，手足无所措。

屈　原　哼，我是问心无愧，我是视死如归，曲直忠邪，自有千秋的判断。你陷害的不是我，是我们楚国，是我们整个儿的中国呵！

此时篱栅之外已纷纷有人探视，但又不敢进园。屈原见有人在园外探视，乃匆匆步下亭阶，向内园门走去。

宋　玉　（胆怯地）先生，好不让我来扶你？

屈　原　不，我不愿见任何人的面孔。人的面孔使我害怕！（愤愤然下场）

弟子二人茫然。

园外观众有惋惜、有诧异、亦有嗤笑者。

宋　玉　这是怎么一回事呢？

子　兰　看那样子，先生好像失了本性啦。

宋　玉　怎么没有人跟着他一道回来呢？

子　兰　奇怪，真是奇怪！

宋　玉　我看，你跑回宫里去，探听探听一下情形吧。

子　兰　好的，我正在这样想。我在宫里的时候，看见他同母亲两个人讲得非常投机的。该不是在路上遇着了疯狗吧？

宋　玉　就遇着疯狗也不会有那样快的啦。总之你还是回去探听一下的好。

众人将园门让开，上官大夫入场。宋玉与子兰迎接上去。

靳　尚　（一面前行，一面问）怎么样，子兰公子，你也在这儿？你们先生回来了吗？

宋　玉　刚才回来了。他说，他不愿见任何人的面孔，见了要爆炸。

靳　尚　哎，事情真是出乎意外。

宋　玉
子　兰　（同时）是怎么一回事呢？

靳　尚　真是出乎意外，不是亲眼看见，恐怕任何人都不会相信。

宋　玉
子　兰　到底是什么事情呢？

靳　尚　你们想晓得吗？我告诉你们吧。子兰，你来，我先告诉你。（贴耳与子兰私语）

子 兰 吓？先生会有那样的事？

靳 尚 我原说不是亲眼看见，谁也不会相信的啦。（信步走上台阶，故意选择一地点向园外群众而坐）

子 兰 （随之而上）详细的情形究竟是怎样的呢？

靳 尚 让我慢慢地同你们讲吧，你不要着急。

宋玉立阶下，此刻返身驱逐群众。

宋 玉 你们这些没事的闲人，请走开吧，没有什么好看的。

靳 尚 （阻止之）宋玉，你让他们听听啦。反正今天的事情在都城里恐怕都已经传遍了，他们早迟也是会晓得的。让我亲眼看见的人对他们说说，也免得以讹传讹。你最好放他们进园子里来！

群众闻靳尚言均拥挤入园，宋玉无法制止，只跑到内园门次，将门掩上。

群 众 三闾大夫是怎样的？请你告诉我们！

靳 尚 （起立步至亭阶）各位邻里，各位乡长，你们都知道三闾大夫是最有德行的人吗？

群 众 一点也不错。——他是我们南国的圣人啦！

靳 尚 你们都知道三闾大夫是最会做文章的人吗？

群 众 是呵。——我们知道。——他是我们楚国最大的文豪！

靳 尚 他把祭神的《九歌》改编了一遍，你们是知道的吗？

群 众 知道的。——他的新的歌辞我们都能够唱哪！喏，（零星唱出）

暾将出呵东方，揽余马呵扶桑。……

魂魄毅呵为鬼雄。……抚长剑呵拥少艾。……

靳 尚 那就好了。我现在要把三闾大夫遇着的事情告诉你们。

群 众 好啊！——我们很愿意听。

靳 尚 今天中午，国王要给秦国的丞相张仪饯行，我们的南后亲自把三闾大夫的《九歌》排演起来，要让张仪鉴赏。

一部分群众

南后的本领真不小啦！

靳　尚　南后又请三闾大夫去指导。还是叫这位公子子兰亲自到这儿来恭请的啦。

少数群众

结果又怎样呢？

靳　尚　南后和三闾大夫在宫中导演的时候，叫我到令尹的府上去，把国王请回来；国王是去和令尹商量大事去了的。我到了令尹家里，碰着张仪也在那儿。国王便顺便把张仪、令尹和我一同约回宫里。

少数群众

又怎么样了呢？

靳　尚　吓，真真是出乎意外。在我们回到宫里的时候，《礼魂》歌刚好跳完，再奇怪也没有的就是我们的三闾大夫了。你们猜，他是怎样了？

群　众　怎么能够猜得出呢？——这是苦人所难了。——这怎么猜得着！

老　者　该不是因为过于高兴，便失了本性吧？

群　众　哪里，三闾大夫决不会那样！——三闾大夫不是那样的人！——老头子，你侮辱了三闾大夫！……

靳　尚　没有亲眼看见的人谁也猜不着，而且在说出来之后恐怕是谁也不大相信的。

群　众　究竟是怎样的呢？

靳　尚　（徐徐地）唉，我们跟着国王回到宫里的时候，《礼魂》歌刚刚跳完了，国王走在最前头，张仪第二，令尹子椒第三，我在最后。我们亲眼看见，我们的三闾大夫站在明堂内室的台阶上，紧紧地把我们的南后抱着，要逼着和南后亲嘴啦!

群 众 (哗然)吓? 三闾大夫会做出那样? ——我们不相信! ——谁也不相信! ——你侮辱三闾大夫! ……

靳 尚 我原说过, 没有亲眼看见的人恐怕是谁也不肯相信的。三闾大夫是那样有品行的人, 地方呢是极其庄严的宫庭, 人呢又是我们举国敬仰的南后, 那样的事情怎么会做得出来呢!(瞥见令尹子椒赶至外园门口)哦, 令尹也到了, 又是一位见证到了。你们赶快把路让开。

群众回头, 同时将路径让开。仍然是哗然不安, 议论纷纷。

令尹子椒走入, 宋玉由内园门次迎接上去。

子 椒 怎么样? 三闾大夫没有回来吗?

宋 玉 启禀令尹, 先生是回来了的, 不过他的精神很不好, 他说他不愿意和任何人见面。此刻大概在前面休息吧。

子 椒 (见靳尚与子兰)你们两位也早到这儿来了。你们见到三闾大夫吗?(步上亭阶)

宋玉随上。

子 兰 我是见到先生的, 他的衣服也脱了, 帽子也掉了, 气愤愤地只是说要爆炸。又说是谁陷害了他, 但陷害了的又不是他, 是楚国。

子 椒 我看他的病实在很深沉啦。(向靳尚)你来, 见到他吗?

靳 尚 我特别关心他, 跑来, 还是没有见到。

子 椒 (向宋玉)我看怕最好去请位巫师来替他招招魂吧, 他是失掉了本性的啦。

宋 玉 令尹, 先生对南后有失礼的举动是实在的吗?

子 椒 怎么不实在呢? 我同上官大夫都亲眼看见, 国王和秦国的丞相张仪也亲眼看见的啦。不过我们幸好回去得早, 看见他正搂抱着南后要和南后亲嘴, 南后在死死地挣持, 喊他快丢手，快丢手。他大约也是看见了国王，也就让南后挣脱了身。结果嘴是没有亲到的。幸好我们回去得早，假使再迟得一刻，恐怕三闾大夫不仅是丢官，而且还会丢命的啦。你想，国王看在公族的分上即使能够容恕他，南后怎能够对他容恕？好在他是作恶未遂，真是不幸中之一幸呢。

宋　玉　（叹息）哎，我再也没有想到，我们的先生会走到这一步！

子　椒　其实我早就劝告过他的。他的太太去世了两年多，我早就劝他再讨一位，他总是拖延着。你想，一个四十岁的鳏[1]夫子，又到了百花烂漫的春天，怎么不出乱子呢？我来本是要看看他的，他现在虽然失掉了官职，但我们是同过事来。不过他现在既不想见人，我也不想去惊动他了。（向宋玉）宋玉，你是聪明的孩子，我看你听我的话，务必要替他招招魂啦。能够使他回复得本性，我也不枉和他做了多年的同事，你们也不枉做了一世的师生。……

老　者　是的，我们也不枉做了一辈子的邻里啦。（向群众）各位邻里们，你们快走两位去扎一个茅草人来吧！

群众中有二三人应声下场，其余仍有人表示怀疑，或摇头，或翻白眼。

老　者　（又回向宋玉）宋玉小哥，你快去把你先生用的衣服取一件来。

宋玉颇为迟疑。

子　椒　宋玉，你照他的吩咐做去，你是你先生的得意门生，应该特别尽这一点孝心。

宋　玉　不过我怕先生知道了，会生气的。

子　椒　你悄悄地叫婵娟把衣服给你，不要声张好了。

① 鳏　guān，无妻或丧妻的人。

宋 玉 为尽我的一点孝心，我也就照着这样做吧。

子 椒 那是很好的，我可不能在这儿久留了，我要赶着回去。

靳 尚 我也同你一道走啦，令尹。（回顾子兰）你怎么样？

子 兰 我要留在这儿看招魂啦，我也是要尽我一点孝心的。

子 椒 很好，很好。你也是先生的弟子，是应该的，万一南后回来了，我要替你声明啦。好的，各位邻里和这位乡长，一切的事情就请费心了。

群 众 我们是一定要尽心的，请令尹放心。

靳 尚 好，我们可以走了。

子椒前，靳尚后，一面走，一面说，下亭，向园门走去。

子 椒 唉，真是天有不测的风云喽。人太固执了，实在也是招祸的事。

靳 尚 不过你叫三闾大夫再讨一个，也不是容易的事呵。他是悬想过高，不是神女下凡，恐怕是不能满意的。

子 椒 那就是坏事的根本喽。会做文章的人总爱胡思乱想。想到尽头，还是自己害自己啦，何苦来。

靳 尚 真的啦。“嫫母①有所美，西施有所丑”，不知道满足的人，实在是自取灭亡呀。

子椒与靳尚下。

老 者 （待二人去后）宋玉小哥，就请你快去，把先生的衣服取来。

宋 玉 （向子兰）公子子兰，那内园门要请你照料一下。

宋玉与子兰向内园门走去。

子 兰 你去好了，我还希望你把婵娟也叫出来啦。

宋 玉 我可以替你叫，不过她出来不出来我就不敢担保。我看你

① 嫫母 古代的丑妇，传说为黄帝妃。嫫，mó。

恐怕也要让这位老伯伯替你招招魂吧。

子　兰　你这刻薄鬼，先生疯了，你才高兴啦，现在没有人能够盖得过你了，是不是？

宋　玉　哼！你真聪明！（下）

老　者　（摇头）哎，这些年青人，真是丝毫没有点真正的孝心！呵，茅草人也扎来了。你们真快。

扎草人者由后园门跑回，将茅人交与老者。

群众之一

我们能齐心，就干得很快。

老　者　现在是赶急，愈快愈好啦。（接受茅人在手，抱之入亭。倚立栏杆上。又返向群众）你们大家先来做一番法式。你们围成一个圈，等我开始施法的时候，你们就唱《礼魂》，要一面唱，一面跳。

群众围成一圈，但仍有人怀疑。

宋玉抱白衣一袭，婵娟抱黄犬同由内园门入场。老者奔下亭来接去白衣，复奔至亭上。

老　者　还要几珠亲人的血来滴在茅人头上，要童男、童女的才行。三闾大夫没有亲人在场，婵娟姑娘的血是可以用的啦。婵娟姑娘，你请来，把你的指头刺破，滴几珠血在这茅人头上。

群众之一

（见婵娟踌躇）你连这点孝心都没有吗？我们都在帮忙啦。

婵娟将黄犬放下，任其自由动作，奔至亭上。

老　者　（向群众唱）招魂开始，请先唱《礼魂》之歌。（持衣至茅人前行垂拱礼）

群　众　（唱歌）

唱着歌，打着鼓，
手拿着花枝齐跳舞。

我把花给你，你把花给我，
心爱的人儿，歌舞两婆娑。
春天有兰花，秋天有菊花，
馨香百代，敬礼无涯。

（反复三遍。停止，散立亭下）

老　者　（唱）《礼魂》已毕，再请灌血。（领婵娟至前，取小刀刺破其右手中指，滴血数珠于茅人头上。挥婵娟下亭）

婵娟下亭步至宋玉处。

老　者　（持衣向空中招展）东皇太一，赫赫明明，大小司命，云中之君，请你们齐来鉴临。今有楚大夫屈原，魂魄离散，邻里乡党，为之招魂。敬求各大明神怜鉴，将其魂魄放还故乡。（祝毕，将衣裹于茅人身上，复行垂拱礼一次，将茅人抱起，先向东方招展。拖长声音唱唤）三闾大夫，你回来呀！

群众同声和之。

老　者　你不要到东方去，东方有十个太阳，把金石都要融掉，又有一千丈长的魔鬼，要把你的灵魂抓去的。（向南方招展）三闾大夫，你回来呀！

群众和之。

老　者　你不要到南方去，南方有吃人的蛮子，头上雕着花，牙齿是漆黑的，又有吃人的蟒蛇，吃人的狐狸精，吃人的九头蛇，都会要把你吃掉的。（向西方招展）三闾大夫，你回来呀！

群众和之。

老　者　你不要到西方去，西方有千里的流沙，你滚进去便会烂掉。又有和象一般大的红蚂蚁，和葫芦一样大的黑马蜂，会把你蛀得精光的。（向北方招展）三闾大夫，你回来呀！

群众和之。

老　者　你不要到北方去，北方是一片的雪海冰山，草也不能生，木也不能长，你去是要冻坏的。（立亭正中向天上招展）三闾大夫，你回来呀！

群众和之。

老　者　你不要到天上去，天上有九重天门，都有虎豹把守。还有九头的怪神，赶着一大群豺狼，专等人去便抓来投进深渊。上帝是不大管事的呀。（走至亭口，将茅人向地下招展）三闾大夫，你回来呀！

群众和之。

老　者　你不要到地下去，地下有土伯把守，三只眼睛两只角，头如老虎身如牛，把人捉去当点心，背脊隆起血满手，你千万不要去吧。（在亭中开始打回旋）三闾大夫，你回来呀！

群众和之。

老　者　回到你的故乡来。你的橘子园在这儿，你的亭台在这儿，你的邻里在这儿，你的婵娟在这儿，你的子兰和宋玉在这儿，你的小黄狗儿也在这儿呀！（回旋愈转愈急）三闾大夫，你快请回来呀，快请回来呀……（愈唱愈快）

群众均齐声和之。

屈原身着黑色长衣，披发，突由内园门走出，群众及宋玉、子兰因回旋呼唱，婵娟则因注意众人行动，均未觉察。

屈　原　（愤愤然）你们在这儿闹些什么！

宋玉、婵娟、子兰及群众均大惊，向后退。屈原急急步至亭前。

老　者　（趋下亭，向屈原行拱手礼）三闾大夫，我们在替你招魂呢。

屈　原　谁要你们替我招魂？你们要听那妖精的话，说凤凰是鸡，说麒麟是羊子，说龙是蚯蚓，说灵龟是甲鱼。谁要你们替我招魂！你们要听那妖精的话，说芝兰是臭草，说菊花是毒草，说玉石是瓦块，说西施是嫫母。谁要你们替我招魂！（急由老者手中将茅人夺去）

老　者　（大惊，抱头鼠窜）呵，真是疯子！真是疯子！要打人啦！

群众急向后门逃窜，或复回顾，仍表示同情或怀疑。

屈　原　（愤愤地望着众人的背影，最后将茅人投掷于地）唉，你陷害我，你陷害我，但你陷害了的不是我，是我们整个儿的楚国呵！（抱头一转身，复急骤地走入内园门，下）

宋玉、子兰、婵娟三人伫立望门内，默然有顷。宋玉一人拾茅人步上亭中倚之于亭栏上，徘徊，有沉思之态。

子　兰　呵，简直把我骇倒了。这儿我是不敢再待的，我也永远不想再来了。婵娟，你怎么样？

婵　娟　我怎么样？

子　兰　你不怕疯子吗？

婵　娟　要你才是疯子，我不相信你们的话！

子　兰　哼，摆在眼面前的事你都不相信吗？

婵　娟　我说不相信就不相信，我们先生不是明明说遭了陷害吗？不过我还没有问究竟是怎么一回事罢了。

子　兰　刚才令尹子椒和上官大夫都来过，他们所说的话，可惜你没有听见。

婵　娟　他们说了些什么话？

子　兰　他们本来是来看先生的，因为先生不愿见人，他们便和我们大家说了一些话便走了。

婵　娟　究竟说了些什么话？

子　兰　他们说：他们亲眼看见，先生在宫庭里面抱着我的母亲要亲嘴呢。

婵　娟　瞎说！我才不相信这些鬼话！

子　兰　鬼话？哼。详细说起来呢，恐怕也不由你不相信。今天清早我来请先生进宫里去，你是晓得的。妈妈请他，为的要跳《九歌》神给张仪看。妈妈和先生在宫里做准备。爸爸呢，到令尹子椒家里去了。时间快到了，妈妈叫上官大夫去把爸爸请回来，碰着张仪也到了令尹子椒家里。爸爸便同着张仪、令尹子椒、上官大夫一道回宫。谁个想到他们一走进宫里，便看见先生就这样……（作欲搂抱势）

婵娟惊退。

子　兰　搂抱着妈妈，妈妈也正在和他死拼。你想，这还成什么体统呢？好在先生一看见爸爸就把妈妈丢了。爸爸生了气，撤了先生的职。令尹子椒刚才说：他们回去得恰好，假使再迟得一刻，恐怕先生仅仅丢官还不能够了事的呢！

婵　娟　他们真是这样说的？

子　兰　谁还骗你？你去问宋玉好了。对不住，我还有点要紧的东西要去收拾一下。（入内园门）

婵　娟　（步至亭前）他们真是那样说的吗？

宋　玉　可不是！而且先后不同时地来，先后不同时地说，两人的话说得来却是完全一致的。

婵　娟　你肯相信？

宋　玉　我现在正在为这件事踌躇，要想不相信吧，也好像不由你不相信。先生鳏居了两年多，又是春天啦。

婵　娟　哼，你也要侮辱先生！我早就晓得你这个人是靠不住的！

宋　玉　你骂我好了，其实我也希望能够不相信啦。你要说不相信的话，你又有什么证据呢？

婵　娟　不是我亲眼看见的，任你怎么说，我也不相信。你说证据吗？我自己就是一个证据啦。你想，我朝夕都在先生近前服侍，先生待我完全就跟自己的嫡亲的女儿一样，丝毫也没有过什么苟且的声色。这不就是铁的证据吗？

宋 玉 （微笑）吓吓，婵娟姑娘，你也未免把你自己太看高了！

婵 娟 什么！你这样说，你简直是先生的叛徒！

宋 玉 抱歉得很，实在也没有办法。我也感觉着在这儿待不下去了。辜负了先生教育了我一场，不过我也算把先生的长处学到了。婵娟，你请上来，我要送你一样东西。

婵 娟 谁要你送我什么东西！

宋 玉 是先生写的东西啦。

婵 娟 （跑上亭去）先生写的？

宋 玉 （自怀中将《橘颂》取出）是今天清早先生写的一首新诗。（授与婵娟）

婵 娟 （受书展视，呈喜悦色）呵，《橘颂》，赞美橘子的诗，橘子是我顶喜欢的东西。

宋 玉 今天清早就在这座亭子上，先生把这首诗给了我，同时还给了我一席很长的教训话呢。

婵 娟 你把那教训话也给我吧。

宋 玉 太长了，我也记不清楚了。听的时候倒觉得很深刻。现在呢？可又是一番感觉了，不过大意我是还记得的。先生要我把橘子树来做老师，说橘子树是怎样的不怯懦、不懈怠、不迁就，就是把这诗里面的意思来敷衍了一遍的。

婵 娟 还说过什么话没有呢？

宋 玉 还说过一些在大波大澜的时代，要我把饿死在首阳山上的伯夷来做榜样，就是气节要紧。他说我们处在目前的大波大澜的时代，生要生得光明，死要死得磊落。

婵 娟 哦，这话多么好呵！

宋 玉 是好呵。我清早听见的时候，委实是刻骨铭心的。不过我现在是这样感觉着：说话倒还容易，做人实在是太不容易呀。

婵　娟　你的意思是说先生言行不符了？

宋　玉　我只是说我自己的感觉，你不要又扯到先生名下去，不过先生还告诉了我一些话，我实在是受益不浅。

婵　娟　还告诉了些什么话呢？

宋　玉　是关于作诗的经验啦。先生说他是拼命地在向老百姓学，在向小孩子们学。他教我不要把先生看得太高，也不要把自己看得太低。

婵　娟　哼，大约你现在很觉得比先生还要高些吧？

宋　玉　不要尽是那样挑剔吧，婵娟。向老百姓学，实在是一个宝贵的教训。我不瞒你说，我刚才在这儿看见那位老头子在给先生招魂的时候，我得到了一篇很好的文章。停两天我一定要把它写出来，就安它一个《招魂》的题目吧。我相信这一定可以成为一篇杰作，比起先生的《九歌》来，是会毫无愧色的。

婵　娟　真是恭喜你啦，但希望你不是做来招你自己的魂。

宋　玉　你高兴要骂，你就骂吧。（下亭阶）反正我在这儿待不下去了。

此时子兰抱若干古老竹帛卷册复由内园门入场。屈原之老阍人阿汪，及老灶下婢阿黄各负行李随其后。

婵　娟　（在亭上叫出）阿汪，阿黄，你们要到哪里去？！

阿　汪　对不住，我们在这儿待不下去了。

阿　黄　我害怕呢，婵娟姑娘。

婵　娟　你们到底要往哪里去？！

阿　黄　子兰公子同情我们……

阿　汪　要把我们收进楚王宫里去啦。

宋　玉　（下阶，与子兰对面）公子子兰，请你也把我收进宫里去吧。

子 兰 那不成问题。我的妈也喜欢你，她一定是很高兴的。

宋 玉 放在先生这儿的东西，我想一概也不带了。

子 兰 你还带什么，你怕宫里少了你的使用吗？我这些东西（示以所抱卷册）你是晓得的，是从宫里抱出来的楚国的国史《梼杌》[1]啦，我不抱回去，那关系可太大。事实上连阿汪、阿黄我都不要他们带行李的，他们偏偏要带，也就只好听随他们了。

宋 玉 把《梼杌》让我来抱一部分吧。

子 兰 好得很。（分一半与之）

婵娟一人立于亭口，将牙关紧紧咬定，心中有无限的悲愤、憎恨、凄凉，种种复杂的情绪潮涌，自脸上可以看出。

子 兰 （步近亭阶，故意郑重地向婵娟）婵娟姑娘。我要向你告辞了。不过在我临走之前，我还要奉承你几句，你允许我吧？

婵娟仍鹄立不动，并缄默无言。

子 兰 今天清早我在这座亭子上问过你：你到底喜欢什么人？你答应我说：你喜欢你喜欢的人。现在我算确确实实地弄明白了。你喜欢的不是我这跛了脚的公子，你喜欢的是那失了魂的疯子啦！

婵 娟 （怒极欲涕）你们这些没有灵魂的东西！

子 兰 你也不必那样动怒。我还要告诉你一个使你也失掉灵魂的消息——先生已经失踪了！！！

婵 娟 （大惊）什么？

阿 汪 是的，先生刚才从前门跑出去了！

阿 黄 先生刚才从园子里面转去的时候，便戴上一顶高帽子，佩

---

①《梼杌》 táowù，楚国的史籍名。

着那把很长的宝剑，跑出去了！

婵　娟　先生要到什么地方去，没有对你们讲过？

阿　黄　他老是那样气汹汹的，什么也不说。

阿　汪　谁也不敢问他一声啦。

宋　玉　（初闻失踪之说亦略略表示吃惊，继而沉静下来，此刻更沉静地）我看，先生这一出去，不是想杀人，便是自杀啦！

婵　娟　宋玉，你快去追寻先生吧，快请你去啦！

宋　玉　（迟疑）我去有什么用呢？先生疯了，不死比死了还坏。活着有什么好处？我已经决心跟随公子子兰进宫，请你原谅。

婵　娟　宋玉！你们把先生看得那样下贱！先生哪里会疯呢？先生是楚国的栋梁，是顶天立地的柱石，你不知道吗？楚国如果失掉先生，那会是多么大的一个损失？我是一个普通人家的女儿，我是先生的侍女，我的责任是服侍先生，是洒扫庭堂，整理用具，我不像你们一样能够吟诗作赋，谈论国家大事，但我就知道先生一人的存在关系着楚国的安危。先生是我们楚国的灵魂，先生如果死掉，那我们的楚国就会完了。（见宋玉不应，回向众人）你们谁也不去找回先生吗？

余人不应。

婵　娟　你们都这样忍心吗？

余人不应。

婵　娟　呵！先生，你的婵娟是不能离开你的，如果你死，婵娟也要跟着你一道死！（飞奔下亭，向内园门跑去）

子　兰　呵，快走，快走，又出了一个疯子！

余人均向外园门跑去。

——**幕下**

婵娟跑出去找屈原，从一位钓者口中得知屈原被陷害的经过，顿时悲愤不已。屈原来到桥边，见到钓者，钓者把屈原离开宫庭后，张仪对楚王和南后说的话告诉了屈原。屈原听罢痛斥楚王和南后的愚昧。不料楚王和南后等人听到了屈原的高呼，下令把他关了起来。

第四幕

楚国郢都之东门外，右首一带城墙，有城门一座，城门上篆书“龙门”二字。以自然之小河为濠[1]，濠上有堤，遍栽杨柳，濠水在舞台上横贯，折向左翼，有桥在左露出，有城门约略正对，桥之彼端隐没。

堤上右翼靠城处有一中年人颇似隐士，在柳荫下垂钓，另有一渔父在桥头近处守着一架四角网，时而举出水面。时复放下。

钓　者（唱）农民困在田间，

两腿泥巴糊遍。

一年的收成血和汗，

把主人的仓库填满。

王侯睡在宫殿，

美姬仿佛神仙。

---

① **濠**　háo，护城河。

蚊虫和虱子真有眼，
不敢挨近他们身畔。

上帝待在云端，
两旁都是醉汉。
世间有多少灾和难，
他们闭着眼睛不管。

太阳西斜的时候，天上云霞时刻改变颜色。

婵娟仓皇由城门跑出，四下张望，遇老媪一人，由桥头过来，行将入城。

婵　娟　老妈妈，你在桥那头的路上看见我们的先生没有？

老　媪　你的先生是谁？

婵　娟　三闾大夫啦。

老　媪　哦，官家的人都说他疯了，我可没有看见他啦。（入城）

婵娟伫立路头，踌躇有间，继奔至桥头向渔父发问。

婵　娟　老伯伯，你在这儿看见过三闾大夫没有？

渔　父　我没有看见过啦，听说他发了疯，不晓得是怎么样了。

钓　者　（向渔父）你们都说三闾大夫发了疯，其实真是活天冤枉[1]！

渔　父　先生，我不过是听见路过的人那样说，我并不晓得是怎么一回事咧。

钓　者　大家都在说：三闾大夫发了疯，三闾大夫淫乱宫庭。唉，真真是天晓得！

婵　娟　（向钓者走近）先生，你晓得那详细的情形吗？

钓　者　我是亲眼看见的啦，姑娘。

婵　娟　好不，请你告诉我？

---

① 活天冤枉　形容冤枉之极。

钓　者　（把婵娟打量了一下）姑娘，你是三闾大夫的什么人？

婵　娟　我是服侍先生的婵娟啦。

钓　者　哦，是的，《九歌》里面有你的名字，在《湘君》[1]歌里面，我记得有“女婵娟呵为余太息”的一句啦。

渔　父　（插入）你就是婵娟姑娘吗？你在替你老师太息，你的老师却在替我们老百姓太息啦。他有两句诗多好呵，“长太息以掩涕兮，哀民生之多艰。”能够为我们老百姓所受的灾难，太息而至于流眼泪的人，古今来究竟有好几个呢？

钓　者　那还用问吗？一向的诗人就只晓得用诗歌来歌颂朝廷的功德；用诗歌来申诉人民疾苦的，就只有三闾大夫一人啦。哦，婵娟姑娘，我倒要先问你，三闾大夫从宫庭里回家去之后是怎样了？

婵　娟　先生回到家里很生气，不知道怎的，冠带、衣裳都没有了，任何人也不愿意见。后来后园子里面有很多邻里来替他招魂，都说他是疯了，要把他的魂魄招转来。听说上官大夫和令尹都到过我们的后园来，也都说先生是疯了。先生到园子里来看，更加生气，他便跑到外面来了，不晓得他是到什么地方去了。

钓　者　唉，大家那样没见识，倒真的会把三闾大夫逼疯呢！我是明白的，今天的事情实在够三闾大夫忍受。

婵　娟　先生，请你告诉我吧，那详细的情形我还丝毫也不知道。

钓　者　好的，我就告诉你吧。婵娟姑娘，你可曾知道秦国丞相张仪，到了我们楚国来的这一件事吗？

婵　娟　我是听见先生说过，说他到我们楚国来，要我们和齐国绝交，和秦国要好啦！

钓　者　是的，张仪就是那样的一位连横家，他专门挑拨我们关东

---

①《湘君》《楚辞·九歌》篇名。湘君为湘水之神，本篇为祭湘君之歌。

诸侯自相残杀，好让秦国来个别击破，并吞六国。但是我们三闾大夫的主张和他恰恰相反，你是知道的啦。

婵　娟　是的，我早知道。我们先生是极力主张和齐国联合的。

钓　者　所以，我们楚国幸亏有三闾大夫，平常我们的国王也很听信三闾大夫的话。这一次张仪来也没有达到他的心愿。我们的国王是听信了三闾大夫的话，不肯和齐国绝交，也不愿和秦国要好，因此张仪便想朝魏国跑了，魏国是他的祖国啦。

渔　父　张仪是魏国的人吗？

钓　者　可不是！他还是魏国的公族余子呢。张仪要到魏国去，国王打算在今天中午替他饯行。

婵　娟　我也听见这样的消息，但不知道详细的情形是怎样。

钓　者　今天中午，国王打算替张仪饯行，南后便命令我们在明堂中庭跳神，就是跳三闾大夫的《九歌》，我扮演的是那河伯。姑娘你要知道，我是一位舞师啦，我是顶喜欢三闾大夫的歌词的一个人。

婵　娟　哦，是那样的，后来怎么样呢？

钓　者　快到中午时分，公子子兰来叫我们到中庭去，准备听南后和三闾大夫的指示。我们到了那儿，看见南后和三闾大夫两人立在那儿。南后回头又叫唱歌的和奏乐的通统就位，便叫我们跳《礼魂》，南后和三闾大夫便立在明堂的阶墀①上看我们跳神。我也记不清跳了好几个圈子的时候，东首的青阳左房的后门被推开了，有两位女官走出来又把前面的帘幕揭起了，悄悄地又退了下去。接着南后便命令停止歌舞。我这时候刚跳到明堂阶前，我是听得清清楚楚的。我听见南后对三闾大夫说："啊，我发晕，我要倒，

① **阶墀**　台阶。亦指阶面。墀，chí。

三闾大夫，三闾大夫，你，你快，你快！”便倒在三闾大夫的怀里去了。

婵 娟 南后病了吗？

钓 者 你听我慢慢地说吧。就在那个时候，国王和张仪、令尹以及上官大夫在青阳左房里出现了。吓，就在那个时候，那南后真凶，真毒辣。一个鹞子翻身，大声喊着：“三闾大夫，你快，你快，你快放手！你太使我出乎意外！你太使我出乎意外！在这样大庭广众当中，你敢对于我这样的无礼，你简直是疯子！”

婵 娟 （切齿扼腕）哎，南后竟这样，竟这样的陷害先生！

钓 者 她跑到国王怀里去，国王也就大发雷霆，骂三闾大夫是疯子，叫令尹和上官大夫两人把他押下去，撤了他的官职。三闾大夫的衣裳、冠带，听说都是当着众人自己撕毁了的。

婵 娟 （愈见切齿，欲泣）这，这，先生一定是很危险。

钓 者 真的啦，那样的毒辣，连我们旁观者的脑子差不多都震昏了。

婵 娟 （愈见切齿，欲泣）先生一定很危险，一定很危险！（飞奔沿着城墙跑下）

渔 父 唉！想不出竟有这样冤枉的事啦。

钓 者 其实事情也很简单，只要当场问一下便可以弄明了的。但我们的国王在盛怒之下，全然不想问问我们当场的人——当场的人并不少，我们跳神的是十个，还有唱歌的和奏乐的。他不想问问我们，三闾大夫申诉了几句，他也全不理会，生抢活夺地便加上了一个淫乱宫庭的疯子的罪名。

渔 父 这怎么受得了呢？不疯也会疯的！

钓 者 你没有当场听见，三闾大夫在被押走的时候，说的那几句愤激的话呢。

渔　父　他是怎样说的？

钓　者　他说："南后，我真没有想出你竟这样的陷害我！我是问心无愧，我是视死如归，曲直忠邪自有千秋的判断。你害了的不是我，是你自己，是我们楚国，是我们整个儿的中原呵！"他这几句话真是把我们全身的骨节脏腑都震撼了。

渔　父　就连我现在都还听得毛骨悚然呢。

钓　者　后边有人来了，回头再讲吧。

二人沉默。

屈原由左首登场，冠切云之高冠，佩陆丽之长剑，玄服披发，颜色憔悴，与清晨在橘园时风度，判若两人。颈上套一花环，为各种花草所编制，口中不断讴吟，时高时低。步至桥头略略伫脚，欲过桥，但又中止，仍沿着濠堤前进。

断续可闻之歌咏乃《九章·惜诵》[1]词句，唯前后参差，不相连贯，盖此时《惜诵》章正在酝酿之中，尚未达到完成境地。

屈　原　我言行一致，表里如一，
事实俱在，我虽死不移。
要九折肱[2]才能成为良医，
我今天知道了这个真理。
晋国的申生，他是孝子，
父亲听信谗言，让他死了。
伯鲧耿直而遭受死刑，

①《九章·惜诵》《九章》为《楚辞》名篇。除《橘颂》或为早年作品外，余皆反映屈原遭谗及放逐后的生活，表现其对楚国黑暗现状的悲愤、改革政治的愿望。《惜诵》与《橘颂》同为《楚辞·九章》篇目。篇中追念往事，于自己竭诚为国却受到众臣陷害打击的遭遇，深表悲愤。

②肱　gōng，胳膊上从肩到肘的部分，也泛指胳膊。

滔滔的洪水，因而未能治好。

吃一堑便能够长一智，
我为什么不改变态度？
丢掉梯子要想攀上天，
我和做梦一样的糊涂。

我忠心耿耿而遭祸，
始终是不曾预料。
我超越流俗而跌跤，
自惹得人们耻笑。

（返复讴吟，俯首徐行，行至垂钓者前）

钓 者 （起立）三闾大夫，你不是三闾大夫吗？

屈 原 （初不加以理会，继乃含愠地）我不是三闾大夫，我已经不是三闾大夫了！

钓 者 是的，屈原先生，请你恕罪，我是知道的，刚才有位婵娟姑娘在这儿来找过你啦。

屈 原 你是什么人？

钓 者 我是黄河的神。

屈 原 （以为受了玩弄）哼，你！没灵魂的！

钓 者 先生别生气，我是今天跳你《九歌》中的河伯的人。

屈 原 今天的事你是在场啦。

钓 者 我最能明白先生，你那一腔的冤屈。

屈 原 唉，我多谢你。（拱手）我算第一次受到了真正的安慰。

钓 者 我扮演河伯正跳到阶前，南后对你说的话我听得最清楚。

屈 原 唉，我真不知道她为什么要那样的陷害我！

钓 者 屈原先生，那原因我倒是很知道的。

屈 原 你知道的？你怎么会知道？

钓　者　先生，你被他们强迫走了之后，国王和南后还和那张仪谈过好一阵的话呢。

屈　原　他们谈了些什么？

钓　者　哼，那张仪真是一个奸猾小人！从前他在我们楚国做过小偷，偷过丞相家里的璧玉，我看是千真万确的。他真是一个巧言令色[①]的小人。

屈　原　他究竟说了些什么？

钓　者　他当着楚王和南后面前，把南后恭维得无以复加，说她是巫山神女下凡，说她是天下第一，国色无双，把楚王和南后都说得不亦乐乎，而且他还中伤了你呢。

屈　原　在他是必然的，我屈原就是他张仪的眼中钉啦。他又是怎样中伤我？

钓　者　他说，他得见了南后一面，才明白你为什么要发疯了。

屈　原　哼，真是下流！是这样看来，分明是张仪在和南后通统作弊啦。

钓　者　我也正是这样想，而且有充分的证据。他把国王甜着了，国王便高兴得昏天黑地，他说："张仪先生，我佩服你，你说屈原是伪君子，一点也不错。我也再不听那疯子屈原的话了，我决定和齐国绝交，决定和秦国要好，接受商於之地六百里。……"

屈　原　（心气渐见和平起来）是这样，看起来，完全是张仪那小子在兴妖作怪啦。

钓　者　我也正是这样作想。我看一定是那张仪，看见国王听信你的话，不肯和齐国绝交，所以就想用女色来打动国王，同时也是威逼南后，要她在国王面前毁坏你的信用。你的信

① 巧言令色　指用花言巧语和假装和善来讨好别人，也指讨好别人的花言巧语和伪善态度。令，美好。

用毁坏，他的奸计也就得售了。

屈　原　一点也不错，哼，我们的楚国便被这小偷偷去了！（厉声叫出）啊，南后，我们的国王，你们怎么那样的愚昧呀！

楚怀王、南后、张仪由桥头步出，卫士八人稍隔一间，随后。

楚怀王　（偕余人步至桥前隙地，手指屈原）哦，那疯子还在那儿骂我们啦！

南　后　（急急献媚）你不要生气，我们叫他来问问吧，逗逗疯子，是蛮好玩儿的。

楚怀王　啊，很好。（回顾卫士）你们走两个去，把三闾大夫请来。

卫士甲乙　（应命行至屈原前）三闾大夫，国王请你去。

屈　原　（喜形于色）好的，我就去。（回顾，向钓者）刚才多谢了你。

钓　者　希望先生保重。

屈原偕卫士甲、乙至国王及南后前行垂拱礼，唯对于张仪不加理会。

南　后　（含笑）三闾大夫，你那花环是哪个送给你的啦？

屈　原　是我自己编的。

南　后　好不送给我？

屈　原　南后喜欢，我愿意奉献。（取下奉上）

南　后　（接受以戴于颈上，故作种种姿态）啊，这是多么美丽，多么芬芳呀！这比任何珠玉、琼琚[①]的环佩还要高贵，我自己就好像成了湘夫人，成了巫山神女啦。（突然呈出狂态）是的，吾乃巫山神女是也，三闾大夫，你刚才向我求爱，你现在又送我花环，你准备什么时候和我结婚？

① 琼琚　玉佩。琚，jū，古人佩戴的一种玉。

楚怀王及张仪均笑。

屈　原　（颇窘）南后，请你不要以为我是疯子，你不要中了坏人的诡计，我并没有疯。

南　后　是的，你并没有疯。我知道你是诚心诚意地爱我，我也诚心诚意地爱你啦。我要请求上帝，封你为巫山山神，你可高兴吧？（转眼向天，拱手而诉）啊，上帝，我赫赫明明的上帝，下神乃巫山神女，皆因有南国诗人，三楚才子，姓屈名平字原者，迷恋妾身，神魂离散，务求上帝怜鉴，封之为巫山十二峰之山神土地，以便与小女神朝朝暮暮为云为雨。

楚怀王及张仪益笑。

屈　原　（更窘）我诚恳地请求你，南后，你不要降低了你的身份。

南　后　是呵，我的身份是很高的。哦，我想起来了，吾乃大舜皇帝之妃湘君湘夫人是也。可怜的大舜皇帝呀，你的灵魂失掉在苍梧之野，你怎么在这儿飘荡呀？……（一转眼觑着屈原）

楚怀王、张仪捧腹绝倒。

屈　原　（忍无可忍，怒叱张仪）张仪！你这盗窃璧玉的小偷。有什么值得你笑！你这卖国求荣的无赖，你这巧言令色的小人，有什么值得你笑！你的下体挨过打的瘢痕还在吧？有什么值得你笑！

楚怀王与南后仍笑不止，张仪则愕然。

屈　原　你曾经在我们楚国做过小偷，偷了我们令尹家里的璧玉，你挨过好几百板子，你忘记了？

楚怀王与南后仍笑不止，张仪无言。

屈　原　你曾经到苏秦那里去讨过口，你该还记得？你叫你老婆看过你嘴里的舌头，看被打掉了没有，你该还记得？你生为魏国之人，而且是魏国的公族余子，你跑到秦国去便怂恿秦国征伐魏国，你跑回魏国去又劝诱魏国去投降秦国，你简直是不知羞耻的卖国贼！你连你自己的父母之邦都要出卖，你何所爱于我们楚国？你是最阴险的秦国的奸细！你叫我们和齐国绝交，那才好让你们来各个击破啦！你说要献商於之地六百里，谁个能够相信你的鬼话！

楚怀王与南后止笑，渐就严肃。

张　仪　（颇含愠怒）屈先生，我希望你讲求一下礼节，假如你不是疯子。

屈　原　哼，疯子！你这谗谄面谀的小人！你在国王面前说过的话你怕我不知道，你在南后面前说过的话你怕我不知道，你把我们的国王当成了什么人？你把我们的南后当成了什么人？你把我当成了什么人？

张　仪　（抢着说）我把你当成着病人！

屈　原　（不等他说完，亦抢着说）你说要为国王去寻求周郑之间的美女，你说南后是巫山神女下凡，你说我是为了南后而发狂，你这无耻的谰言[1]，你这巧言如簧的挑拨离间，亏你还戴着一个人的面孔！（略停，调整呼吸）

楚怀王与南后无言，楚怀王时而瞥视南后，有欲发作之意，但见南后无表示，则复隐忍。

张　仪　（故示镇静）你发泄够了吧！我是在国王和南后面前，不愿意和你这病人多做纠缠，你是愈说愈不成话了！

屈　原　不成话？你简直不是人！你戴着一个人的面具，想杀尽中原的人民来求得秦国的胜利，来保障你的安富尊荣，你怕我没有看透你？你离间我们齐、楚两国的邦交，好让秦国来奴役我们，你怕我没有看透你？……

张　仪　哼，你口口声声要说齐国好，当然有你的理由。据我所知

---

① 谰言　诬妄之言；无稽之谈。谰，lán。

道的，你死了的太太是齐国人，似乎还丢下了一位陪嫁的姑娘跟着你，而且齐国近来也送了你很多贿赂啦。

屈　原　哼，你这信口雌黄[①]的无赖！要你才是到处受贿、专门卖国的奸猾小人！你怕我不知道吗？你昨天晚上都还领受了我们南后一千五百个大钱啦。……

南　后　（决然）简直是疯子，满嘴的胡说八道！

楚怀王　（大发作，向卫士）你们把他抓下去！把他抓到东皇太一庙里去，要郑太卜监视着他，不要让他出来兴妖作怪！

卫士甲、乙、丙猛烈上前，将屈原挟持着。

楚怀王　你们把那沙锅盖子给他摘下，把那拨火棍子给他拔掉！

另卫士二人扯去屈原之切云冠，解去其长剑。

屈　原　大王，你是始终不觉悟吗？楚国的江山社稷在你一个人身上，你不要使我们若敖氏的列祖列宗，断绝香烟血食呀！

楚怀王　（愈怒）赶快！赶快把他抓下去！

卫士乙、丙挟持屈原上桥。

屈　原　我受侮辱是丝毫也不介蒂的，我是不忍看见我们的祖国，就被那无赖的小偷偷了去呀！（下，尚闻其声）皇天后土，列祖列宗，我希望你总有悔悟的一天呀。……

南　后　唉，简直是疯子，满嘴的胡说八道！（向张仪）张先生，今天实在对你不住喽。

楚怀王　实在是使你太受了委屈。

张　仪　客臣是丝毫也不介意的。贵国失掉了这样一位文章家，我倒觉得很可惜呢。

南　后　其实倒也寻常，近来出了一批青年文章家，似乎比他还要高明些呢。

张　仪　是哪几位名手，倒很想见识见识。

---

① **信口雌黄**　不顾事实，随口乱说。

南　后　像宋玉、唐勒、景差这一批人，我觉得都很有希望。他们将来的成就会比这位疯子还要高超些呢。

楚怀王　不错，我也早听见说过他们的名字，我一定要提拔提拔他们。

张　仪　提拔青年文章家不用说是很要紧的，不过，我倒有一点儿意见。我这意见早就是想到的，到了今天我才迫切地感觉着有推行的必要。

南　后　张先生的高见何妨对我们说说呢？

张　仪　我是觉得：文章家总该专门做文章，不好来干预政事的。

南　后　是的，一点也不错。文章家一谈政事，总是胡说八道。

楚怀王　好的，我今后要照着这个意见办，我要绝对禁止文章家谈政事！假使有人要谈，我一定要把他抓来关在东皇太一庙里！我们现在慢慢回城去吧。（*开始走动*）

南后、张仪及卫士六人随后。自楚怀王等出桥以来，道上颇有来往行人，俱畏缩避道，集于堤上观望，人数不宜太多，但亦不宜太少，可酌量情形而定。婵娟突由左首急骤入场，盖已沿绕城濠，将城环走一遍，跑入场后，见楚怀王、南后诸人，突然止步。

南　后　（*早瞥见，指之示楚怀王*）这就是张先生所说的那个陪嫁丫头了。

诸人均止步。

张　仪　才只十六七岁啦，难怪得。

楚怀王　顶多也不过十八岁。

南　后　（*招婵娟*）婵娟，你来。

婵娟瑟缩地走近，但仍留有间隔而立定。

南　后　你在做什么？

婵　娟　我在找我们先生，我沿着这城墙跑了一转，都没有把他找着。

南　后　你哪里找得着他，他疯了，早就跳进水里面去淹死了！

婵　娟　（*大吃一惊地*）先生淹死了？！

南　后　可不是吗！我们刚才在东皇太一庙的门前，看见好些老百姓把他的尸首从一个池塘里打捞了起来。真也是怪可怜见的呵。

婵　娟　（*哭出*）南后，你说的是真话？

南　后　怎么不是真话？你不相信，你看他所剩下来的这把宝剑和这顶切云冠啦。（*指卫士一人手中所持者示之*）他解在岸上，我们替他拣了来，还有一双草鞋，我们便没有要了。（*忽然想起*）哦，对了。还有这个花环呢。（*从颈上取下*）我看你戴倒是很合适的。（*顺手为之戴上*）

婵　娟　（*伤心痛哭*）啊，南后，那么你简直把他害死了！先生，先生呵，你说别人家陷害的不是你，但结果还是把你害死了！南后呀，你真忍心啦！你为什么要把先生害死？要把那么好的一位先生害死？你，你真忍心呵！……

南　后　（*大笑*）你这丫头大概也是发了疯吧，你怎么会说是我把先生陷害了的？你要当心啦！

婵　娟　南后，你不要骇唬我，我现在一点也不怕你了。是你把先生陷害了的，是你，是你，一百个是你。

南　后　哈哈，今天真好玩儿，真是暮春天气疯狗多呀。

婵　娟　你老是爱说，这个是疯子，那个也是疯子，你所做的事，你怕没有人知道吗？你是不是多少还有点良心呵？你假如还有点良心，你要知道你所犯的罪是多么的深重呀！

楚怀王　（*欲发作*）这个丫头，我可不能忍耐！

南　后　（*慰止之*）童言无忌，你让她说，蛮好玩儿的！

婵　娟　（*激昂地*）哼，你把人当成玩具，你把一切的人都当成玩具，但你要知道，你所犯的罪是多么深重呀！你害死了我们的先生，你可知道这对于我们楚国是多么大的一个损失，对于我们人民是多么大的一个损失呀！（语气转沉着）天上就只有一个太阳，你把这个太阳射落了！你把他吃了，永远地吃了。（又转激昂）你这比天狗还要无情的人呀，你总有一天要在黑暗里痛哭的吧！永远痛哭的吧！

楚怀王 这个小泼妇，我实在不能忍耐！

南　后 （再慰止之）你不要着急，你等我再问她一些话。（问婵娟）婵娟，你年纪轻轻的女孩子，为什么学得这样泼辣？你口口声声说我陷害了你的先生，到底我是怎样陷害了他的呢？他发了疯，侮辱了我，还要说是我陷害他吗？

婵　娟 哼，你怕你做的事就没有人看见，就没有人知道。你在先生面前明明说你头发晕，你要倒，要先生扶你，待你一看见了国王，你就反转身来栽诬先生，你怕没有人听见你的话，没有人看见你的动作吗？

南　后 （生怒）你在信口开河！谁个看见，谁个听见？

婵　娟 总有人啦，你是在大庭广众之中做的事啦！

南　后 是谁造出了这样的谣言，谁个告诉你的？

婵　娟 有那样的人告诉我。

南　后 究竟是谁，你说，你说！

婵　娟 我说了，你好再去陷害人？

南　后 你不说就是你在造谣生事！我要割掉你的舌头！

婵　娟 唔，你就割掉我的头，我也不给你说。

南　后 （握婵娟头发）究竟是谁？你说！你说！你说！

婵　娟 尽你把我怎样我也不说。

南　后 你怕我真的不能割掉你的舌头？

婵　娟 你割好了，尽你割，我早就不愿意见你这样的人！你割好了！（把舌头伸出）

南　后 （向卫士之一）你把宝剑递给我！

卫士递剑。

南　后　（拔剑出鞘）究竟告诉你的是谁？

此时钓者在堤上从人群中挺身而出。

钓　者　（大声急呼）是我！是我呵！你不要杀那可怜无告的人，你来杀我！

楚怀王　（大怒）去把那家伙捉来。

卫士二人奔去。

钓　者　（仍大呼不辍）你陷害了三闾大夫的话，是我对她说的。刚才三闾大夫说的话，也是我对他说的。你们来杀我！来杀我！

南　后　（亦大怒）你是什么人？

钓　者　（在二卫士挟持中，仍不断叫骂）我亲耳听见你向三闾大夫说你头发晕，我也亲眼看见你倒在了三闾大夫的怀里，你就忘记了在你的周围还有很多的人啦，——跳神的、奏乐的、唱歌的！你白白地残害忠良，你是上了那张仪的当呀！

南　后　哼，又是一个疯子！把嘴勒住，抓进城去！（纳剑入鞘）

二卫士如命，挟持钓者进城。

婵　娟　哦，南后，原来你是受张仪指使的呀！

南　后　也把她的嘴勒住，抓进城去！（向婵娟）哼，我要让你这丫头多受活罪，再把你剁成肉酱！

又有卫士二人如命，将婵娟挟持进城。

楚怀王徐徐向城门走去，余人相随。

楚怀王　（向张仪）张丞相，我们楚国的疯子太多了，今天实在冒犯了你。

张　仪　（走着）啊，岂敢岂敢，疯子多，是四处皆然的，不过我真佩服我们南后呢。（向南后）南后，你真是精明呀！尤其是封锁疯子们的嘴，那是最好的办法。

南　后　多承你夸奖。

楚怀王　是的啦，封锁住疯子们的嘴，免得他们胡说八道，扰乱人心。……

此时公子子兰与宋玉由城门出场，趋至楚怀王与南后前行垂拱礼，余人暂时伫脚。

南　后　（指宋玉示张仪）张先生，这就是我刚才说的，青年文章家的领袖，宋玉了！

张　仪　哦，生得蛮俊秀啦！和公子子兰就像兄弟一样。

南　后　是的，我也很喜欢他。子兰，你们要到什么地方去？

子　兰　我是专诚来迎接父亲和母亲，有点事情要向母亲请示。

南　后　你有什么事？

子　兰　就是这位宋玉小哥，他不愿意再在先生那儿住，我打算把他引进宫里去做伴啦。

南　后　那是很好的。

楚怀王　（向南后）你看，好不就让他做我们的左徒？（开始行动）

南　后　年纪太轻了，恐怕别的文武官员要说话啦。（向宋玉）宋玉，我想收你为我的小臣，你高兴不高兴？

宋　玉　小臣实在是万分荣幸。（拜手谢恩，同时并拜谢楚怀王）

楚怀王　（高兴）这孩子委实可爱，我们可以收他为义子啦！……（入城）

余人均随楚怀王而入。

群众留于场上未散，均翘首望着城门表示敢怒而不敢言之态。守四角网之渔父，木立堤上，忽然掉过头去，顿了一脚，“哼”了一声。

——幕下

婵娟在狱中得知先生还活着，在一名卫士的帮助下，她装扮成更夫逃了出去，最后在东皇太一庙见到了先生。在东皇太一庙，靳尚和郑詹尹奉南后密令前来毒害屈原，屈原会被害吗？

第五幕

第一场

夜，月光皎洁。一带宫墙，于正中偏右处放置一木槛，婵娟被囚于槛内，衣貌已颇狼藉，花环零乱，仍在颈上。

卫士甲于槛之附近，执戈看守，往来盘旋。公子子兰与宋玉沿墙壁由右首出场。此时宋玉已改着华丽之服装。

卫士甲　（惊觉）谁呀？

子　兰　我是子兰公子！

宋　玉　（同时）公子子兰啦！

卫士甲直立，静侍。

子　兰　那婵娟姑娘的囚槛是放在这儿的？

卫士甲　是，就在这儿。

子　兰　我有几句话要同她说，你可以方便一下。

卫士甲　是，公子是可以随便同她讲话的。不过要请原谅：因为我有看守的责任，我不能够离开这儿。

子　兰　那是用不着道歉的。

　　　　二人走近囚槛。

子　兰　是不是可以暂时放她出来一下？

卫士甲　只要有公子担待，我想是可以的。

子　兰　那就把她放出来一下。

卫士甲　是。（取腰间钥匙将开囚槛）

婵　娟　（在槛内）不，我不出去！我不愿意接受任何人的恩惠！

　　　　卫士甲踌躇，回顾子兰。

子　兰　婵娟，你又何必呢。听说你挨了皮鞭，周身都打伤了，出来舒展一下也是好的啦。

婵　娟　不，我不愿意接受任何人的恩惠！

宋　玉　不必那样倔强吧。

婵　娟　我不愿意同你讲话，我不愿意见你。你们走开，不要挨近我！

子　兰　好的，不要那样虎声虎气的。你不愿意出来也不勉强，我只想同你说几句话，并不多麻烦。

　　　　卫士甲让开，在槛之右侧稍远处伫立。

婵　娟　我是说过的，我不愿意讲话，也不愿意见谁。（说罢将两手紧复颜面，头向下）

子　兰　讲不讲由你，见不见也由你，我们来是完全出于好意的。

　　　　婵娟姿态不动，无言。

子　兰　婵娟，我是一心想救你，我也不能在这儿多作逗留，我只直截了当地向你说几句话。（稍停）我希望你能够对我说，你是喜欢我。即使你心里不真是喜欢也不要紧，只要你听从我的话，在我的身边服侍我，我立刻便可以向母亲说，把你饶恕了，母亲是一定许可的。你究竟愿不愿意？

　　　　婵娟姿态不动，无言。

子　兰　（稍停后）你说吧。只要简单地说一个字都可以。只是说

"愿"或者"不"，就只这样简单的一个字啦，你说吧，你请说吧。

婵娟姿态不动，始终无言。

子　兰　（更委婉地）你不肯说，就请把头动一下也好啦。或者点一点，或者摇一摇，我是绝对尊重你的意志的。

婵娟姿态不动，毫无表示。

子　兰　唉，简直就跟石头人一样啦。

宋　玉　婵娟，我知道你现在恐怕顶不高兴我，不过我也想尽我的一份友谊。你对于公子子兰的好意是不好辜负的。你自己恐怕还不知道，你的命运说不定就只有今天这一个晚上了。我们楚国的惯例，斩决囚犯是在清早行刑。下午捉着犯人的时候，罪轻的便丢监，罪重应该斩决的便囚在槛里，等到明天清早再推出去斩首示众。你怕还不知道吧，同你一道抓进城来的那位舞师都下了监，而你偏偏囚在了槛子里。可见南后是一定要处死你的。你也未免太倔强了。你骂了南后，又骂了国王，怎么不遭大祸呢？现在公子子兰的确是一片诚心，他放下了他的公子的身份来请求你，我看你是不好那么执拗的。

婵娟丝毫不动。

宋　玉　（停了一会儿之后）婵娟，你即使把你自己的性命看得很轻，但我知道你是把先生看得很重的。先生的命运同你也是一样啦，他得罪了南后，又得罪了国王，而且又在国王和南后面前侮辱了显贵的国宾。我是知道的，先生的命运怎么也延长不过明天！公子子兰此刻来救你，其实也是想救先生。只要你答应了公子的请求，公子可以立即在南后面前讲情，不仅你可以得救，先生也是可以得救的。这一点我是可以保证的。（稍停）我看，假使你不放心，你尽可以把救先生这件事作为交换条款啦。（回向子兰）公子子兰，你觉得怎样？我看婵娟可以向你这样提出，便是要你今天晚上便从南后那里得到赦免先生和婵娟的手诏。假使今天晚上你能得到那手诏，她便允许你。假使得不到手，那就没有话再说了。你看怎样呢？

子　兰　我是没有什么的。只要看婵娟怎样。

宋　玉　（又向婵娟）婵娟，你是听见的啦，你的意思是怎样呢？这是最近情理的办法了！

婵娟仍丝毫不动。

宋　玉　唉，你怎么总不表示态度呢？你把头点一点呢，摇一摇呢。

婵娟仍丝毫不动。

宋　玉　没有办法，简直是比先生还要顽固。你自己的性命不要紧，难道看到先生死到临头都还不想搭救吗？

婵　娟　（如水破闸门般地痛哭出声，并责骂）你们这些没灵魂的！先生死都死了，你们还在这儿假惺惺！

宋　玉　（出乎意外）唔，先生死了？

子　兰　谁对你说的？

婵　娟　（哭）谁对我说的？就是南后对我说的。

子　兰　妈在什么时候对你说的？

婵　娟　她在东门外看见我的时候。

宋　玉　怎么样死的呢？

婵　娟　是跳进东皇太一庙前的池塘里淹死了的。

宋　玉　南后看见他死的吗？

婵　娟　南后说：看见老百姓们把他的尸首打捞起来了，南后还把先生的切云冠和长剑拿了回来，又把先生戴过的这个花环给了我。（示二人以花环）这就是先生剩下的唯一的遗念啦！（说罢大哭）啊，先生，先生，你是白白被人陷害了！别人家轻易地残害了忠良，出卖了楚国，白白地把你陷害了。我知道你是死不瞑目的，死不瞑目的呀！……

宋玉与子兰二人亦惨然无言者有间。

卫士甲 （前进数步）子兰公子，好不让我说几句话？

子　兰 你有什么话要说？

卫士甲 三闾大夫并没有死，我知道得最清楚。南后的话是说来骗她的。

婵　娟 （止泣）什么？你说什么？

卫士甲 婵娟姑娘，我劝你不要伤心，你的先生并没有死。我是保护国王和南后去游东皇太一庙的一个人。哪有三闾大夫跳水的事啦？完全是假造的。我们回到东门的时候，还看见三闾大夫在城濠上大声地叫出“国王呀，南后呀，你们怎么那样的愚昧呀”！真是太不凑巧，端端就在那时候，我们走到东门大桥。他的话便被国王听见了。

宋　玉 后来怎么样呢？

卫士甲 国王很生气，立刻要我们去把他抓来，还是南后出了一个主意，说：逗逗疯子玩儿，是蛮有意思的。因此国王便叫我们去把他请了来。

宋　玉 请了来怎么样呢？

卫士甲 请了来呀，我们的南后便一直和他开玩笑。不过三闾大夫的装束也很稀奇，他戴着一顶高帽子，佩着一把很长的宝剑。脖子上还戴着花环——就是婵娟姑娘戴着的那个了。南后开始向他把花环要了来戴上，便装起疯来。一会儿是装巫山神女，一会儿又装湘君湘夫人，老是把三闾大夫来开玩笑。国王和那位秦国的什么丞相张仪便笑得个不亦乐乎。逼得三闾大夫对于那位秦国的丞相大骂了一场呢。

宋　玉 哦，原来还有那么一回事。

婵娟此时改变神志，注意谛听，表示十分关心。

卫士甲 哎，那骂得可真也是不亦乐乎。他骂他是小偷……

宋　玉　（向子兰）对喽，从前张仪是在令尹家里偷过璧玉的。

卫士甲　他骂他是卖国求荣的奸贼。他是魏国的公族余子，跑到秦国去便叫秦国征服魏国，跑回魏国去又劝魏国投降秦国。他骂他连自己的父母之邦都不爱的人，哪里会爱我们楚国。我看三闾大夫这番话实在说得顶有道理啦。

宋　玉　后来又怎样？

卫士甲　后来他又骂他愚弄国王，愚弄南后，想离间齐国和楚国的邦交，好让秦国来渔人得利。他骂他是秦国的间谍，骂他简直不是人。

宋　玉　张仪怎么样了？

卫士甲　张仪被骂得哑口无言，只是无赖地说三闾大夫死了的夫人是齐国人。并且还说到婵娟姑娘上来了呢。……

子　兰　他说婵娟姑娘怎样？

卫士甲　他说婵娟姑娘是陪嫁货，自然也是齐国人。接着便说屈大夫是受了齐国的贿赂，吃了齐国的大钱啦。

宋　玉　我相信先生一定是很生气的。

卫士甲　不错，屈大夫真是大生其气。他便骂张仪才是四处受贿的奸猾小人，骂他昨天晚上还受了南后一千五百个大钱。

宋　玉　南后为什么要送钱给他呢？

卫士甲　那我怎么会知道。不过经屈大夫这样一提，南后便大生其气，她说，简直是疯子，简直是胡说八道！于是国王便叫我们把屈大夫抓起来，把他的帽子摘取了，宝剑拔掉了，押送到东皇太一庙里去了。

宋　玉　是呵，我们原是听说关在东皇太一庙的啦。

婵　娟　你这话是真的？

卫士甲　（含愠）我要骗你做什么呢！你该是听见的，那位钓鱼的人出来替你说话的时候，不是说过，你说的话是他告诉的，刚才三闾大夫说的话也是他告诉的吗？看那情形，恐怕是……

婵　娟　（有所恍悟）唔，是的，恐怕我走了之后先生来，先生走了之后我又来的。

子　兰　好了，话还是说回头吧。我是不好在这儿久留的。时间也不允许我久留。婵娟，先生是还在，我自信有本领救你，也有本领救先生。就看你的态度怎样。

婵　娟　我的态度怎样？我的态度就跟先生一样。先生说过，我们生要生得光明，死要死得磊落。先生决不愿苟且偷生，我也是决不愿苟且偷生的！这就是我的态度！

子　兰　好的好的，算我枉费了唇舌。我们恭喜先生成为烈士……

宋　玉　婵娟，也恭喜你成为烈女啦！

婵　娟　宋玉，我特别地恨你！你辜负了先生的教训，你这没有骨气的无耻的文人！

宋　玉　随你怎么骂都好，各人有各人的路，不好勉强的。公子子兰，我们走吧。

子　兰　（行而复返）婵娟，你究竟怎么样？

婵　娟　我决不服从你！你们要救先生，偏偏要拿我来做交换品，你们简直是禽兽！

子　兰　（拉着宋玉转身便走）好，我们走，我们走！简直不成话，受不了，受不了！……

二人由原路下。

舞台沉默，卫士甲复如前往复踯躅。

有顷，月光消失。一更夫手提红灯，执柝[1]，由右首入场。

更　夫　（自语）嚇，天气变得好快，怕要有雷雨啦。

卫士甲　现在什么时候了？

---

①柝　tuò，打更用的梆子。

更　夫　我要准备打三更了。

卫士甲　就快半夜了吗？

更　夫　可不是！

更夫走过，卫士甲忽有所思，凝视其背影，欲呼而止者再。俟更夫已下场，卫士甲终于决心呼出。

卫士甲　打更的朋友，你转来一下。

更　夫　（内声）什么事呀？

卫士甲　有点事同你商量。

更夫上。

更　夫　有什么事呀？

卫士甲　请你过来一下。

更　夫　（走至卫士甲前）你究竟有什么事呀？老兄！是不是要出恭[①]呵？

卫士甲　是，就是打算要登登坑。这宫庭里的钥匙通在你老兄身上吗？

更　夫　（向腰间拍了拍，起金属之声）哼，到了晚上来，我们一个更夫比国王还要厉害。国王就要出宫，也非得启禀我们不可啦。

卫士甲　对你不住，要请你老兄帮我代理一下。借你的灯来用一用。

更　夫　不过，你要快点儿才行呢。老兄，我是有职务之人，把更头弄迟了，要受处分的啦。（以灯授之）

卫士甲　（接灯后，却将灯与戈均插放于槛次。在身上搜索）糟糕，没有方便的东西。

更　夫　真的，要快点儿呀，老兄！

卫士甲　对你不住。（出其不意地，将更夫颈子用两手套上）

更夫一时气咽。

---

① 出恭　对上厕所的委婉称呼。

卫士甲 （见更夫气咽后，将其衣帽脱下，复取其钥匙与击柝之具，然后一面打开囚槛，一面向婵娟）婵娟姑娘，我要搭救你。请你一点也不要踌躇。乘着这月黑的时候，你装着打更的，我们一道跑出城去。我们去救三闾大夫。

婵　娟 你为什么要杀他，未免太残忍了吧？

卫士甲 姑娘，你不知道。这是我们的一种法术，叫作“活杀自在”。他并没有死，回头我要把他救活转来的。你赶快出来。

婵娟勉强出槛，虽身受鞭伤，但尚能行步，卫士甲解其锁链，以更夫衣帽授之。

卫士甲 你赶快改装吧。哦，你身子不方便，我帮助你。（为之戴上更夫之帽，将为穿衣，欲取去其花环）这个可以丢掉了。

婵　娟 （急止之）不，我要的！就把衣裳套在这上边好了。

卫士甲如嘱为之穿衣，一面用锁链将更夫之手反剪，一面更以衣物紧勒其口，拖入槛内，锁好，再隔栏按其颈而活之。

卫士甲 （向更夫）老兄，对你不住，我们真正出宫去了。

婵娟提灯，击柝，徐徐由右首下场。卫士甲随之下。舞台转暗。

第二场

东皇太一庙之正殿。与第二幕明堂相似，四柱三间，唯无帘幕。三间靠壁均有神像。中室正中东皇太一与云中君并坐，其前左右二侧山鬼与国殇立侍，右首东君骑黄马，左首河伯乘龙，均斜向。马首向左，龙首向右。左室为一龙船，船首向右，湘君坐船中吹笙，湘夫人立船尾摇橹。右室一片云彩之上现大司命与少司命。左右二室后壁靠外侧均有门，左者开放，右者掩闭。各室均有灯，光甚昏暗，室外雷电交加，时有大风咆哮。

靳尚带卫士二人，各蒙面，诡谲[①]地由右侧登场。

靳　尚　（命卫士乙）你去叫太卜郑詹尹来见我。

卫士乙　是。（向湘夫人神像左侧门走入）

俄顷，一瘦削而阴沉的老人，左手提灯，随卫士乙由左侧门入场。靳尚除去面罩，向郑詹尹走去。

靳　尚　刚才我叫人送了一通南后的密令来，你收到了吗？

郑詹尹　（鞠躬）收到了。上官大夫，我正想来见你啦。

靳　尚　罪人怎样处置了？

郑詹尹　还锁在这神殿后院的一间小屋子里面。

靳　尚　你打算什么时候动手？

郑詹尹　（迟疑地）上官大夫，我觉得有点为难。

靳　尚　（惊异）什么？

郑詹尹　屈原是有些名望的人，毒死了他，不会惹出乱子吗？

靳　尚　哼，正是为了这样，所以非赶快毒死他不可啦！那家伙惯

---

① 诡谲　guǐjué，离奇古怪。

会收揽人心，把他囚在这里，都城里的人很多愤愤不平。再缓三两日，消息一传开了，会引起更大规模的骚动。待消息传到国外，还会引起关东诸国的非难。到那时你不放他吧，非难是难以平息的。你放他吧，增长了他的威风，更有损秦、楚两国的交谊。秦国已经允许割让的商於之地六百里，不用说，就永远得不到了。因此，非得在今晚趁早下手不可。你须得用毒酒毒死了他，然后放火焚烧大庙。今晚有大雷电，正好造个口实，说是着了雷火。这样，老百姓便只以为他是遭了天灾，一场大祸就可以消灭于无形了。

郑詹尹 上官大夫，屈原不是不喝酒的吗？

靳　尚 你可以想出方法来劝他。你要做出很宽大、很同情他的样子。不要老是把他锁在小屋子里，你可让他出来，走动走动。他戴着脚镣手铐，逃不了的。

郑詹尹 （迟疑地）你们是不是有点小题大做呢？

靳　尚 （含怒）你这是什么话？

郑詹尹 我觉得你们把屈原又未免估计得过高。他其实只会做几首谈情说爱的山歌，时而说些哗众取宠的大话罢了，并没有什么大本领。只要你们不杀他，老百姓就不会闹乱子。何苦为了一个夸大的诗人，要烧毁这样一座庄严的东皇太一庙？我实在有点不了解。

靳　尚 哈哈，你原来是在心疼你的这座破庙吗？这烧了有什么可惜？国王会给你重新造一座真正庄严的庙宇。好了，我不再和你多说了。你烧掉它，这是南后的意旨。你毒死他，这是南后的意旨。要快，就在今晚，不能再迟延。南后的脾气，你是知道的。你尽管是她的父亲，但如果不照着她的意旨办事，她可以大义灭亲，明天便把你一齐处死。（把面巾蒙上，向卫士）走！我们从小路赶回城去！

靳尚与二卫士由左首下场。

郑詹尹立在神殿中，沉默有间，最后下出了决心，向东君神像右侧门走入。俄顷，将屈原带出。

> 郑詹尹为了保全自身，最终选择成为南后和靳尚等人的帮凶，其贪生怕死、胆怯懦弱可见一斑。

郑詹尹 三闾大夫，请你在这神殿上走动走动，舒散一下筋骨吧。这儿的壁画，是你平常所喜欢的啦。我不奉陪了。

屈原略略点头，郑詹尹走入左侧门。

屈原手足已戴刑具，颈上并系有长链，仍着其白日所着之玄衣，披发，在殿中徘徊。因有脚镣行步甚有限制，时而伫立睥睨[1]，目中含有怒火。手有举动时，必两手同时举出。如无举动时，则拳曲于胸前。

屈　原 （向风及雷电）风！你咆哮吧！咆哮吧！尽力地咆哮吧！在这暗无天日的时候，一切都睡着了，都沉在梦里，都死了的时候，正是应该你咆哮的时候，应该你尽力咆哮的时候！

> “暗无天日的时候”指祖国即将沦入敌手、沉入黑暗的时候。作者借古讽今，借屈原的愤怒展示了当时人们对国内反动势力的愤恨。

尽管你是怎样的咆哮，你也不能把他们从梦中叫醒，不能把死了的吹活转来，不能吹掉这比铁还沉重的眼前的黑暗，但你至少可以吹走一些灰尘，吹走一些砂石，至少可以吹动一些花草树木。你可以使那洞庭湖，使那长江，使那东海，为你翻波涌浪，和你一同地大声咆哮呵！

啊，我思念那洞庭湖，我思念那长

① **睥睨** pìnì，眼睛斜着看，表示傲视或厌恶。

江，我思念那东海，那浩浩荡荡的无边无际的波澜呀！那浩浩荡荡的无边无际的伟大的力呀！那是自由，是跳舞，是音乐，是诗！

屈原对风、雷、电的声声疾呼，传递出他憎恨黑暗、渴求自由和光明的强烈愿望。

啊，这宇宙中的伟大的诗！你们风，你们雷，你们电，你们在这黑暗中咆哮着的，闪耀着的一切的一切，你们都是诗，都是音乐，都是跳舞。你们宇宙中伟大的艺人们呀，尽量发挥你们的力量吧。发泄出无边无际的怒火把这黑暗的宇宙，阴惨的宇宙，爆炸了吧！爆炸了吧！

雷！你那轰隆隆的，是你车轮子滚动的声音？你把我载着拖到洞庭湖的边上去，拖到长江的边上去，拖到东海的边上去呀！我要看那滚滚的波涛，我要听那鞺鞺鞳鞳的咆哮，我要漂流到那没有阴谋、没有污秽、没有自私自利的没有人的小岛上去呀！我要和着你，和着你的声音，和着那茫茫的大海，一同跳进那没有边际的没有限制的自由里去！

啊，电！你这宇宙中最犀利的剑呀！我的长剑是被人拔去了，但是你，你能拔去我有形的长剑，你不能拔去我无形的长剑呀。电，你这宇宙中的剑，也正是，我心中的剑。你劈吧，劈吧，劈吧！把这比铁还坚固的黑暗，劈开，劈开，劈开！虽然你劈它如同劈水一样，你抽掉了，它又合拢了来，但至少你能使那光明得到暂时间的一瞬的显现，哦，那多么灿烂的、多么眩目的光明呀！

光明呀，我景仰你，我景仰你，我要向你拜手，我要向你稽首。我知道，你的本身就是火，你，你这宇宙中的最伟大者呀，火！你在天边，你在眼前，你在我的四面，我知道你就是宇宙的生命，你就是我的生命，你就是我呀！我这熊熊地燃烧着的生命，我这快要使我全身炸裂的怒火，难道就不能迸射出光明了吗？

炸裂呀，我的身体！炸裂呀，宇宙！让那赤条条的火滚动起来，像这风一样，像那海一样，滚动起来，把一切的有形，一切的污秽，烧毁了吧，烧毁了吧！把这包含着一切罪恶的黑暗烧毁了吧！

把你这东皇太一烧毁了吧！把你这云中君烧毁了吧！你们这些土偶木梗，你们高坐在神位上有什么德能？你们只是产生黑暗的父亲和母亲！

你，你东君，你是什么个东君？别人说你是太阳神，你，你坐在那马上丝毫也不能驰骋。你，你红着一个面孔，你也害羞吗？啊，你，你完全是一片假！你，你这土偶木梗，你这没心肝的，没灵魂的，我要把你烧毁，烧毁，烧毁你的一切，特别要烧毁你那匹马！你假如是有本领，就下来走走吧！

什么个大司命，什么个少司命，你们

东皇太一和云中君是楚地传说中的神明，在楚国人心中意义重大。但屈原指出，即便是神明，如若只是任人摆布的土偶木梗，也要统统打倒。这种义正词严的诘责，表达了屈原与邪恶、污秽势不两立的坚定姿态。

的天大的本领就只有晓得播弄人！什么个湘君，什么个湘夫人，你们的天大的本领也就只晓得痛哭几声！哭，哭有什么用？眼泪，眼泪有什么用？顶多让你们哭出几笼湘妃竹吧！但那湘妃竹不是主人们用来打奴隶的刑具吗？你们滚下船来，你们滚下云头来，我都要把你们烧毁！烧毁！烧毁！

哼，还有你这河伯……哦，你河伯！你，你是我最初的一个安慰者！我是看得很清楚的呀！当我被人们押着，押上了一个高坡，卫士们要息脚，我也就站立在高坡上，回头望着龙门。我是看得很清楚，很清楚的呀！我看见婵娟被人虐待，我看见你挺身而出，指天画地有所争论。结果，你是被人押进了龙门，婵娟她也被人押进了龙门。

但是我，我没有眼泪。宇宙，宇宙也没有眼泪呀！眼泪有什么用呵？我们只有雷霆，只有闪电，只有风暴，我们没有拖泥带水的雨！这是我的意志，宇宙的意志。鼓动吧，风！咆哮吧，雷！闪耀吧，电！把一切沉睡在黑暗怀里的东西，毁灭，毁灭，毁灭呀！

风、雷、电象征追求正义与光明的变革力量。再次呼唤风、雷、电，突出了屈原对黑暗现实的强烈愤慨，以及与恶势力斗争到底的决心和必胜的信心。

郑詹尹左手提灯，右手执爵，由湘夫人神像左侧之门入场。

郑詹尹 三闾大夫，你又在作诗了吗？你的声音比风还要宏大，比雷霆还要有威势啦。啊，像这样雷电交加的深夜，实在可怕。我连庙门都不敢去关了。你怎么老是不去睡呢？是的，我看你好像朗诵了好长的一首诗啦。你怕口渴吧。我给你备了一杯甜酒来，虽然没有下酒的东西，请你润润喉，也好啦。

屈　原　多谢你，请你放在那神案上，手足不方便，对你不住。

郑詹尹　唉，真是不知道要闹成个什么世界了。本来是“刑不上大夫，礼不下庶人”的，这个体统也弄得来扫地无存了。连我们的三闾大夫，也要让他戴脚镣手铐。三闾大夫，这脚镣手铐假如是有钥匙，我一定要替你打开的啦。可恨的是他们把钥匙都带走了啊。

屈　原　多谢你，这脚镣手铐我倒并不感觉痛苦，有这些东西在身上，倒反而增加了我的力量，不过行动不方便些罢了。

郑詹尹　我看你的喉嗓一定渴得很厉害的，这酒我捧着让你喝。还要睡一睡才能天亮呢。

屈　原　多谢你，我现在口不渴。我本来也是不喜欢喝酒的人。回头我口渴了，一定领你的盛情好了。请你不要关照。

郑詹尹　（*将爵放在神案上*）慢慢喝也好。其实酒倒也并不是坏东西。只要喝得少一点，有个节制，倒也是很好的东西啦。

屈　原　是的，我也明白。我的吃亏处，便是大家都醉而我偏不醉，马马虎虎的事我做不来。

郑詹尹　真的，这些地方正是好人们吃亏的地方啦。说起你吃亏的事情上来，我倒是感觉着对你不住呢！

屈　原　怎么的？

郑詹尹　三闾大夫，你忘记了吧，郑袖是我的女儿啦。

屈　原　哦，是的，可是差不多一般的人都把这事情忘记了。

郑詹尹　也是应该的喽。她母亲早死，我又干着这占筮卜卦的事体，对于她的教育没有做好。后来她进了宫庭，我更和她断绝了父女的关系。她近来简直是愈闹愈不成个体统，她把你这样忠心耿耿的人都陷害成这个样子了。

屈　原　太卜，请你相信我，我现在只恨张仪，对于南后倒并不怨恨。南后她平常很喜欢我的诗，在国王面前也很帮助过我。今天的事情我起初不大明白，后来才知道是那张仪在作怪啦。一般的人也使我很不高兴，成了张仪的应声虫。张仪说我是疯子，大家也就说我是疯子。这简直是把凤凰当成鸡，把麒麟当成羊子啦。这叫我怎么能够忍受？所以别人愈要同情我，我便愈觉得恶心。我要那无价值的同情来做什么？

郑詹尹　真的啦，一般的老百姓真是太厚道了。

屈　原　不过我的心境也很复杂，我虽然不高兴他们的厚道，但我又爱他们的厚道。又如南后的聪明吧，我虽然能够佩服，但我却不喜欢。这矛盾怕是不可以调和的吧？我想要的是又聪明又厚道，又素朴又绚烂，亦圣亦狂，即狂即圣，个个老百姓都成为绝顶聪明，你看我这个见解是不是可以成立的呢？

郑詹尹　这是所谓“大智若愚，大巧若拙”的话啦。

屈　原　不，不是那样。我不是要人装傻，而是要人一片天真。人人都有好脾胃，人人都有好性情，人人都有好本领。可是我自己就办不到！我的性情太激烈了，我自己也觉得有点偏，要想矫正却不能够。你看我怎样的好呢？我去学农夫吧？我又拿不来锄头。我跑到外国去吧？我又舍不得丢掉楚国。我去向南后求情，请她容恕我吧？她能够和张仪合作，我却万万不能够和张仪合作。你看我怎样办的好呢？

郑詹尹　三闾大夫，对你不住。你把这些话来问我，我拿着也没有办法。其实卜卦的事老早就不灵了。不怕我是在做太卜的官，恐怕也是我在做太卜的官，所以才愈见晓得它的不灵吧。古时候似乎灵验过来，现在是完全不行了。

认真说，我就是在这儿骗人啦。但是对于你，我是不好骗得的。三闾大夫，像我这样骗人的生活，假使你能够办得到，恐怕也是好的吧。我们确实是做到了“大愚若智，大拙若巧”的地步，呵哈哈哈哈……风似乎稍微止息了一点，你还是请进里面去休息一下吧，怎么样呢？

屈　原　不，多谢你，我也不想睡，请你自己方便吧。

郑詹尹　把酒喝一点怎么样呢？

屈　原　我回头一定领情的啦，太卜。

郑詹尹　你该不会疑心这酒里有毒的吧？

屈　原　果真有毒，倒是我现在所欢迎的。唉，我们的祖国被人出卖了，我真不忍心活着看见它会遭遇到的悲惨的前途呵。

郑詹尹　真的啦，像这样难过的日子，连我们上了年纪的人，都不想再混了。

屈　原　大家都不想活的时候，生命的力量是会爆发的。

郑詹尹　好的，你慢慢喝也好，我还想去躺一会儿。

屈　原　请你方便，怕还有一会儿天才能亮呢。

郑詹尹复提着灯笼由原道下场。

大风渐息，雷电亦止，月光复出，斜照殿上。

屈　原　啊，宇宙你也恬淡起来了。真也奇怪，我现在的心境又起了一个不可思议的变换。我想，毕竟还是人是最可亲爱的呵。不怕就是你所不高兴的人，在你极端孤寂的时候和他说了几句话，似乎也是镇定精神的良药啦。（复在殿中徘徊）啊，河伯！（徘徊有间之后，在河伯前伫立）请让我还是把你当成朋友，让我再和你谈谈心吧。你知道吗？现在我所最担心的是我的婵娟呀！她明明是被人家抓去了的。她是很尊敬我的一个人，她把我当成了她的父亲、她的师长，她把我看待得比她自己的性命还要贵重。（稍停）她最能够安慰我。我也把她当成了我自己的女儿，当成了我自己最珍爱的弟子。唉，我今天实在不应该抛撇了她，跑了出来。她虽然在后园子里面看着那些人胡闹，她虽然把我的衣裳拿了一件出去，但我相信那一定是宋玉要她做的，宋玉那孩子，他是太阴柔了。（将神案上的酒爵拿起将饮，复搁置）唉，这酒的气味，我终竟是不高兴。河伯，你是不是喜欢喝酒的呢？你现在的情形又是怎样？我也明明看见，别人也把你抓去了。你明明是为我而受难，为正义而受难呀。啊，我真不知道该怎样报答你的好呵！（复在神殿中徘徊）

此时卫士甲与婵娟由右首出场。屈原瞥见人影，顿吃一惊。

屈　原　是谁？

婵　娟　啊，先生在这儿啦，我婵娟啦！（用尽全力，踉跄奔上神殿，跪于屈原前，拥抱其膝，仰头望之，似笑，又似干哭）

屈　原　（呈极凄绝之态）啊，婵娟，你怎么来的？你脸上怎么有伤呀？你怎么这样的装束？

婵　娟　（断续地）先生，我高兴得很。……你请……不要问我。……我……我是什么话都不想说。我只想……就这样……就这样抱着先生的脚，……抱着先生的脚，……就这样……死了去吧。

屈原不禁潸然[1]，两手抚摩着婵娟的头，昂头望着天，如此有间。婵娟始终仰望屈原，喘息甚烈。

屈　原　（俯首安慰）婵娟，我没有想到还能够看见你，你一定是逃走出来的，你是超过了死线了。你知道宋玉是怎样吗？

婵　娟　（仍喘息）他……他跟着公子子兰……搬进宫里去了。

---

①**潸然**　流泪的样子。潸，shān。

屈　原　那也由他去吧。谁能够不怕艰险，谁才可以登上高山。正义的路是崎岖的路，它只欢迎勇敢的人。……那位钓鱼的人呢？

婵　娟　听说丢进监里去了。

屈　原　（沉默一忽之后）婵娟，你口渴吧？

婵娟点头。

屈　原　（两手移去，将案上酒爵取来）这儿有杯甜酒，你喝了它吧。

婵娟就爵，一饮而尽，饮之甚甘，自己仍跪于地，紧紧拥抱着屈原的两膝，昂首望之。屈原以两手置爵于神案上之后，仍抚摩其头。俄而，婵娟脸色渐变，全身痉挛。

屈　原　（屈膝俯身，以两手套其颈，拥之于怀）啊，婵娟，你怎样？你怎样？

婵　娟　（凝目摇头）先生，……那酒……那酒……有毒。……可我……我真高兴……我……真高兴！（振作起来）我能够代替先生，保全了你的生命，我是多么地幸运呵！……先生，我是一个普通人家的女儿，我受了你的感化，知道了做人的责任。我始终诚心诚意地服侍着你，因为你就是我们楚国的柱石。……我爱楚国，我就不能不爱先生。……先生，我经常想照着你的指示，把我的生命献给祖国。可我没有想到，我今天是果然做到了。（渐渐衰弱）我把我这微弱的生命，代替了你这样可宝贵的存在。先生，我真是多么地幸运呵！……啊，我……我真高兴！……真高兴！……

屈　原　（紧紧拥抱着婵娟）婵娟！你要活下去呵！活下去呵！婵娟！婵娟！……

婵　娟　（更衰弱）……啊，我……真高兴！……（喘息与痉挛愈烈。终竟做最大痉挛一次，死于屈原怀中，殿上灯火全体

熄灭，只余月光）

屈原无言，拥着婵娟尸体，昂首望天，眼中复燃起怒火。

卫士甲在前直静立于殿下，至此始上殿至屈原之前。

卫士甲　三闾大夫，请你告诉我，那酒是谁个送给你的？

屈　原　（回顾，含怒而平淡地）是这儿的太卜郑詹尹。（说罢复其原有姿态）

卫士甲　哼，就是那南后的父亲吗？我是认识他的。（急骤地向左侧房屋走入）

屈原仍如塑像一般，寂立不动。

少顷，卫士甲复急骤而出。

卫士甲　三闾大夫，请你容恕我，我把那恶人郑詹尹刺杀了。在他的身上还搜出了一通密令，我念给你听。“太卜执事：比奉南后意旨，望执事于今夜将狂人毒死，放火焚庙，以灭其迹。上官大夫靳尚再拜。”密令是这样，因此我也就照着南后的意旨，在郑詹尹的床上放了一把火。这罪恶的神庙看看也就要和那罪恶的尸体一道消灭了。

屈　原　那很好。我还希望你帮助我，把婵娟安放在神案上，我们应该为她举行一个庄严的火葬。

卫士甲　待我先解除先生的刑具。（解除其刑具）婵娟姑娘穿的还是更夫的衣裳，应该给她脱掉啦。

屈　原　（起立先解婵娟之衣）哦，戴得有这样的花环。（更进行其它动作）

卫士甲　（一面帮助，一面诉说）先生，这还是你编的花环呢。在东门外被南后给你要去了，后来南后又给了婵娟姑娘。她一身都是挨了鞭打的，你看这手上都有伤，脸上都有伤，鞭打得很厉害。南后更打算明天便处死她，把她装在囚槛里，由我看守。……夜半将近的时分，你的两位弟子宋玉

和公子子兰走来劝婵娟，要她听从公子子兰的要求，做他的侍女，他们便搭救她。但是婵娟始终不肯。……她所说的话和她的精神太使我感动了，因此我就决心救她。从宋玉口中听说先生今晚上也有生命的危险，所以我也就决心陪着她来救你。……我们是从宫中逃出来的，就是用了一点诡计把一个更夫来顶替了婵娟。在我替她换上更夫装束的时候，婵娟姑娘她还坚决地不肯把你这花环丢掉呢！

二人已经将婵娟妥置于神案，头在左侧。

屈　原　（整理婵娟胸部，自其怀中取出帛书一卷，展视之）哦，这是我清早写的《橘颂》啦。我是写给宋玉的，是宋玉又给了你吧！婵娟，你倒是受之而无愧的。唉，我真没有想出，我这《橘颂》才完全是为你写出的哀辞呀。

卫士甲　先生，那么，你好不就拿给我念，我们来向婵娟姑娘致祭。

屈　原　好的，你就请从这后半读起。（授书并指示）一首一尾你要加些什么话，也由你斟酌好了。

屈原移至婵娟脚次，垂拱而立，左翼已有火光及烟雾冒出。

卫士甲　（立于屈原之右，在神案右后隅，展读哀辞）维楚大夫屈原率其仆夫致祭于婵娟之前而颂曰：

呵，年青的人，你与众不同。
你志趣坚定，竟与橘树同风。
你心胸开阔，气度那么从容！
你不随波逐流，也不故步自封。
你谨慎存心，决不胡思乱想。
你至诚一片，期与日月同光。
我愿和你永做个忘年的朋友。
不挠不屈，为真理斗到尽头！

你年纪虽小，可以为世楷模。

足比古代的伯夷，永垂万古！——哀哉尚飨。

屈原再拜，卫士甲亦移至其后再拜。礼毕，卫士甲将帛书卷好，奉还屈原。

屈　原　现在一切都完毕了，请问你叫什么名字？

卫士甲　先生，你不必问我的姓名，我要永远做你的仆人，你就叫我“仆夫”吧。

屈　原　你今后打算要我怎样？

卫士甲　先生，你怎么这样问我呢？

屈　原　因为我现在的生命是你和婵娟给我的，婵娟她已经死了，我也就只好问你了。

卫士甲　先生，我们楚国需要你，我们中国也需要你，这儿太危险了，你是不能久待的。我是汉北的人，假使先生高兴，我要把先生引到汉北去。我们汉北人都敬仰先生，受了先生的感召，我们知道爱真理，爱正义，抵御强暴，保卫楚国。先生，我们汉北人一定会保护你的。

屈　原　好的，我遵从你的意思。我决心去和汉北人民一道，就做一个耕田种地的农夫吧。你赶快把服装换掉啦。那儿有现成的衣帽。（指示更夫衣帽）

卫士甲　哦，我真糊涂，简直没有想到，幸好有这一套啦。（换衣）

火光烟雾愈燃愈烈。

屈　原　（高举手中帛书）啊，婵娟，我的女儿！婵娟，我的弟子！婵娟，我的恩人呀！你已经发了火，你把黑暗征服了。你是永远永远的光明的使者呀！（执帛书之一端向婵娟抛去，帛书展布于尸上）

——幕徐徐下

幕后唱《礼魂》之歌：

唱着歌，打着鼓，

手拿着花枝齐跳舞。
我把花给你，你把花给我，
心爱的人儿，歌舞两婆娑。
春天有兰花，秋天有菊花，
馨香百代，敬礼无涯。

1942 年 1 月 11 日夜

成长启示

在宋玉看来，个人的安危和前途要远远高于国家的命运。他虽然崇拜屈原先生，但他只崇拜其风度、仪表，并不理解他崇高的品格。虽然他答应先生要保持独立的人格和高洁的品性，但他为了个人荣辱，最后投靠了楚王、南后。这种将名利看得比一切都重要的人，难以赢得人们真正的尊重和喜爱。在生活中，我们应该远离这种趋炎附势之人，树立正确的价值观，踏实、诚恳地做事，正直、善良地做人。

要点思考

1.阅读全文，结合具体事例，说一说婵娟是一个怎样的人。

2.《橘颂》在《屈原》中多次出现，谈谈它在这部历史剧中有什么作用。

蔡文姬

人　物　蔡文姬——名琰，左中郎将蔡邕[1]之女，没入南匈奴十二年，为左贤王妃。建安十三年（公元208年）由曹操遣使赎回。初归汉时估计年三十一岁。

胡儿——蔡文姬之子，初出场时估计年八岁，后归汉时年十六岁。回汉是出于我的安排。史籍中未著其名，剧中以伊屠知牙师名之。伊屠知牙师乃王昭君之子，曾为左贤王。左贤王在匈奴中位置仅次于单于，单于死即由左贤王继承。以伊屠知牙师名胡儿足以显示蔡文姬对王昭君之思慕。

胡女——年半岁，尚在襁褓中，文姬呼之为昭姬；后亦归汉，时年九岁。

赵四娘——文姬之姨母。此人出于假托。文姬之母相传为赵五娘，此作为赵五娘之姐，与文姬同时没于匈奴，相依为命。文姬归汉，其子女即由她留胡照料。有此足以促成文姬归汉的决心。此人死于匈奴中，在胡儿、胡女归汉时已去世。

左贤王——假定年四十岁左右。剧中把他作为匈奴的民族

---

① 蔡邕　东汉文学家、书法家，字伯喈。董卓专政，被迫为侍御史，官左中郎将，人称蔡中郎。董卓被诛后，被王允所捕，死于狱中。通经史、音律、天文，善辞章。书法造诣极高，尤以隶书著称。邕，yōng。

主义者，故以汉初最杰出的匈奴单于冒顿之名名之。冒顿单于曾打败汉高祖刘邦，并侮谩吕后。此左贤王名以冒顿，以表示其强项。

南匈奴单于呼厨泉——假定年五十岁左右。此人于建安二十一年朝汉，被曹操留置于邺，遣右贤王去卑回匈奴，分其众为五部，各立其贵人为帅，选汉人为司马以监督之。故在曹操手中，南匈奴等于归化。北匈奴早已西迁，其旧地为鲜卑族所占据。

右贤王去卑——假定年三十岁以往。此人乃亲汉派，为曹操所信任。匈奴统治者地位以单于、左贤王、左谷蠡王、右贤王、右谷蠡王等为次，故右贤王位在第四。

董祀——曾为屯田都尉，与文姬同为陈留人，文姬归汉后重嫁于他。为处理方便，剧中以此人为曹操派赴匈奴的正使，后升任长安典农中郎将。初使匈奴时假定年三十一岁，与文姬同年，但月份较小，并假定他曾师事蔡邕，是蔡文姬的表弟，其母为赵三娘。

周近——假定年四十岁左右。史有此人。曹丕《蔡伯喈女赋》已失传，其序的残文云“家公与蔡伯喈有管鲍之好，乃命使者周近持金璧于匈奴赎其女还，以嫁屯田都尉董祀”云云。为方便计，以此人作为派遣匈奴的副使，并任屯田司马，为董祀下属；但在意识上颇与董祀对立，几至陷害董祀。

曹操——赎回蔡文姬时年五十四岁，其年为建安十三年（公元208年）。当年七月始为丞相，但剧中为方便计已称之为丞相。建安二十一年时六十二岁，晋封魏王。

卞后——小曹操四岁，为曹丕、曹彰、曹植之生母。本出倡家，史称其节俭勤谨，宽厚待人，菜食粟饭，不用鱼肉。曹操甚爱之，称其“怒不变容，喜不失节”。

曹丕——建安十三年时年二十二岁，其时官职不明。建安十六年为五官中郎将，副丞相。剧中为方便起见，初出场即称为五官中郎将。

侍琴、侍书——曹丞相的家婢，被派遣随董祀入南匈奴，以便归途服侍蔡文姬。

胡兵、胡婢、胡乐队、胡舞队等各若干人。

曹丞相府侍者、铜雀台歌伎等各若干人。

时　间　汉献帝建安十三年至二十一年（公元208年至216年）。

地　点　第一、二幕在南匈奴；

第三幕在长安郊外；

第四、五幕在邺下[①]。

---

① 邺下　古都邑名，在今河北临漳。建安十八年（公元213年），曹操为魏公，定都于此。

汉朝丞相曹操派遣专使迎接蔡文姬归汉，此时，蔡文姬已经在匈奴生活了十几年，有了一双儿女。到底要不要回去？蔡文姬愁闷不已。回去，意味着她要把儿女丢下；不回去，据传曹操的大军就要荡平南匈奴……

第一幕

左贤王的穹庐[①]，仲春的早晨。

穹庐设在舞台一侧，门外张彩棚，下敷地毯，设各种必要用具。四周有障屏竖立，间隔成一区域。当隅处每有缺口，与外通。背景可适当布置胡中景物。时闻马嘶声。

蔡文姬，胡装，其装束如维吾尔族。独自一人在彩棚下徘徊，形容憔悴。一时又高兴，一时又有愁思不决之状。屡屡叹气，时时又自言自语："怎么办呢？到底是回去，还是不回去？"（这样的话，在一定间歇中反复）

忽然又站立着，凝视着远方，似在酝酿诗意。事实上她已三天三夜不睡觉。在失眠中她的《胡笳十八拍》已经作到第十二拍了。

后台合唱。音乐伴奏。（《胡笳诗》中的"兮"字古本读呵音，故一律改为呵字）

东风应律呵暖气多，

① 穹庐　游牧民族居住的圆顶帐篷，用毡子做成。穹，qióng。

知是汉家天子呵布阳和。
羌胡蹈舞呵共讴歌，
两国交欢呵罢兵戈。
忽逢汉使呵称近诏，
遣千金呵赎妾身。
喜得生还呵逢圣君，
嗟别二子呵会无因。
十有二拍呵哀乐均，
去住两情呵难具陈。

胡儿伊屠知牙师，佩弓，腰悬箭囊，自穹庐对侧跑出。

胡　儿　妈！（向文姬跑去）

文　姬　（停步）呵，伊屠知牙师，你一早到什么地方去来？

胡　儿　我去打兔子来，我听见好些人在说，妈，你今天就要回汉朝去了，是真的吗？

文　姬　（迟疑，叹气，掩泪）……

胡　儿　（抱拥其母）妈，你在哭吗？你为什么要哭呢？回汉朝去不是好事吗？你不是经常在说，要带我们回去吗？我是很高兴的啦！

文　姬　（索性哭出声来了）伊屠知牙师！我的儿！（抚抱胡儿，泣不成声。有一会儿，才哽咽着说）娘这几天一直没有告诉你。汉朝的曹丞相派遣了专使来，要把娘接回去，送来了很多的黄金玉器、锦缎绫罗。单于呼厨泉已经答应了。我已经考虑了三天，今天已经是第四天了，我须得做最后的决定。

胡　儿　妈，你还没有决定吗？你决定了吧，带我们一道回去，把爹爹，把四姨婆也一道带回去！

文　姬　娘是很想回去的。我告诉过你“狐死首丘”的故事，一个人到死都是怀念自己的乡土的。你外公外婆的坟墓在长安，我只是十二年前，在来匈奴的途中，去扫过一次。我

也很想回去扫墓。特别是你外公有不少的著作，经过战乱，遗失了，回去我想也总可以收集得一些。娘十二年来都在这样想，可是总得不到回去的机会。现在机会来了，娘当然是喜出望外的。

胡　儿　那么，你为什么不赶快做出决定，把我们一道带回去呢？我多么想去看看万里长城，看看黄河，看看长江，看看东岳泰山呵！

文　姬　（悲抑）儿呀，你不知道。娘为这事已经三天三夜没有睡觉了。

胡　儿　哦，难怪你这两天瘦了，我看你饭也不想吃。妈，你是生了病吗？妈？

文　姬　（摇头）我呵，我比生病还要难过。（徐缓地）能够回去，我是很高兴的。十二年来，我认为无望的希望竟公然达到了。但是，儿呵，你不知道为娘的苦痛。娘要回去，……（欲言又止，终于决绝地说出）却又不得不丢掉你们！

胡　儿　（惊愕）怎么？妈，你说什么？

文　姬　（悲痛）娘要回去，就不能不留你们在这儿，留下你和你半岁的妹妹。

胡　儿　那怎么行呢？妈，你不要我们了吗？

文　姬　不，不是！是你父亲不放你们走，他甚至于不想让我走。

胡　儿　那怎么行呢？我要和爹爹闹。

文　姬　我已经和你爹爹谈了三天了。我说，儿女让我带回去，没有母亲的儿女很可怜。他说，不行，你是汉人，我可以让步，让你走；儿女是匈奴人，我不能让步，你不能带走。我说，一个人分一个吧，把你或者你的妹子带回去，他也不肯。儿呵，你想，把你们丢下，让娘一个人回去，这不是割下了娘的心头肉吗？

胡　儿　（愤愤然，又含着眼泪地）爹爹这样不讲道理吗？匈奴人和汉人不是一家人？

文　姬　儿呵，你还小。你爹爹是爱你们的。他不放你们走，你也不能怪他。

胡　儿　哼！我是妈妈的儿，那我要跟妈妈一道去！我要跟妈妈一道去！……

赵四娘抱着胡女由穹庐中走出。

胡　儿　（回头向赵四娘纠缠）四姨婆，你知道吗？妈妈要回汉朝去了，爹爹不让我们一道去！

赵四娘　你也知道了吗？你妈和我这几天正为这件事伤心啦。

胡　儿　四姨婆是不是也要回去呢？

赵四娘　我嘛，我是想回去的。伊屠知牙师呀，你长大了就会知道。一个人谁也要思念自己的故土。……但是，我已经想了三天，在昨天晚上我同你妈妈讲明白了，我要留下来。我留下来照顾你们兄妹俩，让你们的妈妈安心地回去。

胡儿放声大哭。文姬、赵四娘也眼泪涔涔[①]。

文　姬　四姨娘，我，我，我不想回去了。我们一同都留在这儿。

赵四娘　（苦笑）哼哼，那你就未免太溺爱了！文姬！你应该安心回去，你的儿女，有我在这儿抚养，我包管把他们抚养成人，并且要教他们学好。我可以代替你。有我在这儿，你安心，就和你自己在这儿是一样。

胡　儿　我要跟着妈回去，四姨婆也回去！（啰唣[②]）

赵四娘　没办法的，左贤王执意不肯让你们走。他甚至于还这样说，如果要把你们带走，连你妈妈他也要让她活不下去！

胡　儿　什么，他要杀妈妈？

赵四娘　他是那样说的。他说，你妈妈是汉人，一定要走，没有办

---

① 涔涔　céncén，形容汗、泪、水等不断往下流的样子。

② 啰唣　luózào，纠缠；吵闹。

法；你们是匈奴人，断然不能带走。如果要带走，他就要通通杀掉！

胡　儿　（愤恨）哼！我要去和他闹！（作势欲下）

文　姬　（一手挽着他）伊屠知牙师，你不能那样。你怎能和你爹爹闹呢？他不肯放你们走，也是由于爱你们。……

胡　儿　我不稀罕他的爱！

文　姬　他虽然那样说，但他对我还是好心好意的。

胡　儿　那么，他为什么不让我们回去呢？

文　姬　你爹也上年纪了。他说过，如果让你们也走，他会活不下去。

胡　儿　我们劝他一道走嘛！

文　姬　（不禁苦笑）不行的，那是办不到的。

赵四娘　（插话）伊屠知牙师，你要知道，就跟你妈妈想回汉朝的一样，你爹爹是不想离开匈奴。这是一样的道理。

胡　儿　那么，四姨婆，你为什么不回去？

赵四娘　我不是说了吗？我是爱你们，也爱你们的妈妈。我要让你们妈妈把我爱故乡的情感承担回去，我要让我自己把你们妈妈爱儿女的情感承担下来。我是孤孤单单的一个人，年纪已经老了，我如果能够把你们抚养成人，由你们的一代来代替你们父亲的一代，使匈奴和汉人真正成为一家，在我就心满意足了。

文　姬　四姨娘，我是不想回去了。我怎么能够丢下你们呢？我怎么能够丢下你呢？二十年来我们形影不相离，你比我亲生的母亲还要疼我，我怎么能够再把母亲的担子加在你的身上？唉！我回去又能够做些什么呢？

赵四娘　（含谴责意）你总爱那样说！以你的才华，能做的事情多着呢！你难道还不相信我吗？我告诉你，我虽然已经六十岁，但我至少还想再活十五年，我一定要把你的儿女抚养成人，一定要看到匈奴和汉朝真正成为一家。

左贤王带胡兵二人匆匆上。

左贤王　（愤愤然）你们在胡闹些什么？胆大包天！什么叫匈奴和汉朝成为一家？哼！

赵四娘　哎，你们这一家人不就是这样的吗？

左贤王　哼，你说得好听！你难道没有看见吗？我这一家人看看就要四分五裂了。（回向文姬）文姬，孩子们的妈！今天是第四天了，呼厨泉单于在为汉朝来的人饯行，要你也过去，今天就动身！

文　姬　什么？今天就走吗？

左贤王　是呵，汉朝来的人说，他们受了曹丞相的命令，要在五月以前赶回。在路上还得走两个月呢。

文　姬　汉朝派来的人到底姓甚名谁，我问了你好几次，你都没有弄明白。

左贤王　他们的姓名谁弄得清呵，简单得太不成话！我只记得一个是什么“东师”都尉（董祀），一个是什么“将军”司马（周近）。这些官名我倒知道，看来他们都是带兵官。那位“东师”都尉倒还和气，那位“将军”司马，却是盛气凌人，全不把人看在眼里。他刚才还私下对我说：“你要不把蔡文姬送回汉朝，曹丞相的大兵一到，立地把你匈奴扫荡！”他这气焰我可受不了。我想，他们一定还有大兵在后，先来试探我们。我不是对你说过，这是他们惯用的手法？这就叫作“先礼后兵”。如果我不让你回去，那就会大兵压境，使得我们南匈奴，就要弄得来和北匈奴、三郡乌桓[①]一样了！孩子们的妈，我是不想让你走的，你叫我怎么办呢？呵，我恨不得把我自己剖成两半！

---

① 三郡乌桓　乌桓，亦称“乌丸”，古族名，东胡的一支。三郡乌桓是对辽西、辽东、右北平三郡之乌桓人的统称。

文　姬　你不要那样着急吧！我告诉你，我也不想离开你。我把儿女丢下，你叫我怎么能够忍心呢？如果你能让我带走一个……

左贤王　不行！半个也不行！我这几天都快要发狂了。你要走，我不敢阻拦你。赵四娘你也可以带走。除此之外谁也不准带走！不然，我要杀人！我要把我全家杀尽！

赵四娘　请你息怒吧，左贤王！我已经下了决心：我愿意留下来替文姬抚养儿女，让她一个人回去。

　　胡儿抱母身，放声痛哭。

胡　儿　我要和妈妈一道走，我要和妈妈一道走……

左贤王　（暴怒）你这个小东西！不准哭！（指挥胡兵）给我把他拉下去！

　　胡兵二人向前扭取胡儿，胡儿号啕痛哭，死死不放。左贤王暴跳如雷，几次手按佩刀，欲有动作，赵四娘从旁挽劝。

文　姬　（毅然地，叱咤胡兵）你们不准乱动！

　　胡兵迟疑。

文　姬　我还在考虑，我并不一定要走，你们离开得远些！

　　胡兵回视左贤王，左贤王勉强示意，胡兵离开文姬，远远侍立。

文　姬　四姨娘，请你把昭姬抱下去吧。

赵四娘　好，伊屠知牙师，我引你一道去玩玩。你妈妈不走的。

胡　儿　不，我要跟妈妈在一道！我要跟妈妈在一道！

文　姬　（俯抚胡儿）伊屠知牙师，我的儿，你是听娘的话的。你也跟着四姨婆下去，好好同妹妹一道玩吧。你要听四姨婆的话。等你们长大了，你同妹妹都回汉朝去。你下去吧。

赵四娘　好，我带你们一道到草原上去看跑马。

　　胡儿已知世相，默默无言，勉强听从；两眼含泪，怒目视左贤王和胡兵；愤然抛弃弓矢，随赵四娘下。

文　姬　（向左贤王）孩子的爹，你不要生气吧。我也知道你的痛苦。我如果走了，希望你尊重赵姨娘，让她把孩子们抚养成人。说本心话，我很想回去，但又不愿意离开你们。我已经踌躇了三天三夜，就到目前我也依然在踌躇。你知道，我是愿意匈奴和汉朝长远和好的。曹丞相派遣使臣来迎接我，如果还有大兵随后，那就是不义之师。我要向汉朝的使者问个明白；如果真是那样，我要当面告诉他：我决不回去，死，也要死在匈奴！因此，我要向你请求一件事。

左贤王　（转和缓）你总不会要我归顺汉朝吧！

文　姬　不是那样使你为难的事。……

一胡兵上场，向左贤王报告。

胡　兵　启禀左贤王，单于请你和王妃快些驾临王宫。

左贤王　知道了。下去！

胡兵下。

左贤王　你快说，是怎样？

文　姬　我希望你请汉朝的使者——请那位你认为比较和气的"东师"都尉吧，请他到我们这里来。我要当面问他：他们到底有没有大兵在后。你可以掩伏在近旁，听我们说些什么话，但不许有人露面。如果有人露面，那汉朝的使者就不会说出真话来了。就是这样一件请求，你能同意吗？

左贤王　（略略考虑一会儿，点头）这倒可以同意。好吧，我过去同他们说清楚，立地把使者引来。

左贤王引胡兵二人下场。

蔡文姬一人在场上盘旋，她这时又在酝酿着《胡笳诗》第十三拍了。

后台合唱，音乐伴奏。——

不谓残生兮却得旋归，
抚抱胡儿兮泣下沾衣。
汉使迎我兮四牡骓骓，
胡儿号兮谁得知？
与我生死兮逢此时！
愁为子兮日无光辉，
焉得羽翼兮将汝归？

左贤王偕胡兵二人，引汉使董祀上，汉婢二人，一人捧汉衣冠，一人抱琴，随上。

文姬见董祀，现出惊疑之态。

左贤王 妃子，我把汉朝的使者引来了，这位就是“东师”都尉啦。

董　祀 （向文姬行礼）文姬夫人，你好！我是陈留董祀，我们有十几年不见面了！

文　姬 （还礼）呵，公胤[1]，原来是你呵！（回向左贤王）孩子的爹，谢谢你。这位汉朝来的使者，他姓董名祀字公胤，是我父亲的学生，也是我的一位表弟。他的母亲是我的母亲和赵四姨娘的亲姐姐。他从小就失掉母亲，是我母亲把他养大的！

左贤王 哦，那就好了。你们在这里谈谈心，我去陪单于和副使。失陪了！

董　祀 大王请便。

左贤王与胡兵二人由原路下，掩伏在屏围后。

董　祀 （向文姬）文姬夫人……

文　姬 你怎么这样称呼我？照你幼时的习惯，称我为大姐吧。

董　祀 呵，大姐，我真没有想到能够再和你见面。

---

① 胤　yìn。

文　姬　我也没有想到呵。

董　祀　听说你已经有侄儿侄女了。

文　姬　是呵，四姨娘也在这儿。

董　祀　呵，四姨娘也在这儿吗？

文　姬　我们是兴平二年一同流落到这里来的，在这里同住了十二年了。

董　祀　唉！真是没有想到，这些年天下的变化是多么大呵！

文　姬　公胤，我倒要问你，你们这一次带来了多少人马？

董　祀　大姐，我们一行就只有三十五个人。我是正使，另一位副使周近，是清河崔琰的学生。此外就是侍从和管车马的人。

文　姬　呵哈，周近？不是说什么“将军”吗？

董　祀　那是把音搞错了。我是陈留的屯田都尉，周近是我下边的一个屯田营的司马。

文　姬　听说你们有大兵随后，你们只是先行呵？

董　祀　（诧异）谁这样说？完全是造谣！

文　姬　哼，你说造谣吗？是你们的副使周近亲自对左贤王说的。他说：如果不让我回去，你们的大兵一到，就要荡平匈奴！

董　祀　（惊诧）呵，他说过这样的话！周近他居然这样口不择言，他怎么能这样说！我们是在正月初旬离开邺下的，曹丞相亲自召见了我们，要我们带来了好些礼品，献给呼厨泉单于和左贤王，专诚来迎接你回去。丞相还派了两位自己府里的侍婢来陪伴你。（指抱琴者）这一位叫侍琴。

侍琴屈半膝敬礼。

董　祀　（指抱衣者）这一位叫侍书。

侍书同样敬礼。

董　祀　还给你送来了几套衣服，一具焦尾琴。（指示二汉婢手中所捧抱者）你是知道的，曹丞相是会弹琴的。这焦尾琴是他亲自监制的，是仿照姨父伯喈先生的焦尾琴制造的。丞相还亲手试过音，他说，你一定会喜欢。

文　姬　（故意文不对题地）可我知道曹丞相很会用兵，“兵不厌诈”。他不是惯会使用诈术吗？我听说，去年打平了三郡乌桓，曹丞相就是全靠诈术。他没有从正面去进攻，是从侧面去偷袭的。可不是吗？

董　祀　大姐，你是只知其一不知其二。曹丞相爱兵如命，视民如伤[①]。他会用兵，但他与士卒同甘苦，他是不轻易用兵的。他在国内虽然年年打仗，但都是迫不得已。他锄豪强，抑兼并，济贫弱，兴屯田，使流离失所的农民又重新安定下来，使纷纷扰攘的天下又重新呈现出太平的景象。现在的中原，大姐，和你十二年前离开的时候是完全两样了。丞相去年远征三郡乌桓，正是证明“王者之师，天下无敌”。三郡乌桓近年来骤然强盛了起来，不仅经常侵犯北边，也经常侵犯匈奴。它把汉人俘虏了十多万户去做奴隶，使北部的边疆连年受到侵害。所以曹丞相才不能坐视，出师亲征，行军千里，把三郡乌桓荡平了。这不仅救了汉人，也救了匈奴人。十多万户被奴役的汉人被他救回来了，不少的匈奴人也被他解救了。他还使乌桓的侯王大人们受了他的感化，听从指挥，而今三郡乌桓的骑兵在曹丞相的麾下已经成为天下的劲旅。这假使不是仁义之师，是怎么也不能办到的。大姐，你离开故乡太久，你怕不明白真相吧？曹丞相的主张是“天地间，人为贵”。他曾经说过：“圣贤之用兵也，戢[②]而时动，不得已而用之。”……

文　姬　公胤，我还要问你。曹丞相打发你们来接我，究竟要我回

---

①视民如伤　意思是当政者爱惜人民。

②戢　jí，收敛；收藏。

去做些什么？是不是因为我在匈奴住了十二年，熟悉匈奴的情形，要我回去在军事上有用我之处吗？

董　祀　大姐，你怎么谈到军事上来！我们来的时候，曹丞相告诉了我们：现在汉朝和匈奴已经和好，外患也基本上消除了，朝廷正在广罗人才，力修文治。他说到你的父亲伯喈先生，他是天下名儒，可惜受冤屈而死。他也说到你是伯喈先生的孤女，你是博学多才的人。他说：你的才情不亚于班昭；班昭能够继承她父亲班彪的遗业，帮助她的哥哥班固撰成了《前汉书》，你也尽可以继承伯喈先生的遗业，参与《续汉书》的撰述。这些都是他亲自对我们说的。曹丞相是要在文治上做一番大事业，他是看中了你的文才，才来接你回去的。

文　姬　多谢你的指点。公胤，十二年来我无日无夜都在思念我的乡土，我也没有忘记要收集我父亲的遗书。但我在这里已经有一儿一女，你是知道的，曹丞相难道不知道吗？

董　祀　曹丞相也是知道的。他原想让你的子女也一道回去。我们也做了很大的努力，但是左贤王执意不肯。他说，大姐走，他可以同意，要带走儿女就万万不行。这层在大姐是一件憾事，在我们也是一件憾事。但我想左贤王不忍放走他的儿女，这也是人之常情。假使我处在左贤王的地位，恐怕也是不会放手的。（停一会儿）但是，如今汉朝和匈奴已如一家。大姐，你的子女留在这里也同带回去的一样。待他们长大成人了，将来是有机会回去的。（再停一会儿）大姐，请你务必以国家大事为重，把天下人的儿女作为你自己的儿女吧！

文　姬　（深受感动）呵，公胤呵，你说得我无言对答了。左贤王呵，孩子的爹，你叫我怎么办呢？（捶胸而泣）

此时左贤王和胡兵二人从掩伏处出现。

董祀出乎意外，以手按佩剑。二婢女亦惊惶，奔赴文姬侧。

左贤王 （急忙向董祀行半跪礼，诚恳地）董祀都尉，我感谢你。

董祀亦答礼，两人相扶，起立。

左贤王 你的话把我的疑团消除了。（回向文姬）文姬，你安心回去吧。你回去，遵照曹丞相的意愿，继承岳父伯喈先生的遗业，撰修《续汉书》，比你在匈奴更有意义。你将来还可以回匈奴来，我一有机会也可以到汉朝去。你回去了，我一定照着你的吩咐，让赵四娘抚养你的儿女。（解下所佩轻吕刀，再行半跪礼捧呈董祀）董祀都尉，请你接受我这把轻吕刀吧！这把刀我佩带了十年，不知道做了多少次战，也不知道杀过多少次人，我把这把刀献给你！我要对你发誓：从今以后我决心与汉朝和好！

董　祀 （深受感动，同样行半跪礼受其刀）谢谢你，左贤王！（相扶起立，将刀佩上，随手将所佩玉具剑解下，捧呈左贤王）左贤王，我这把玉具剑是曹丞相赏赐给我的，这比我的生命还要宝贵，我也把来转赠给你。请你收下吧！

左贤王受剑，佩之。两人拱手为礼。胡兵、汉婢均屈半膝，文姬亦合掌垂泪含笑。

——幕徐徐掩闭

呼厨泉单于在穹庐中接待屯田司马周近，并答应周近今天一定会让蔡文姬动身，还要派遣胡兵一路护送他们回去。左贤王前来，态度与往常不同，告诉众人他已经和董祀成为生死之交。众人觉得难以置信，以为董祀已被左贤王杀害，呼厨泉单于更是急忙下令捉拿左贤王……

第二幕

呼厨泉单于大穹庐（等于王宫）。

布置与第一幕相仿佛，但更华丽。处处有旌旗扎结成架，下悬铜锣数面。适当处悬置弓矢、马鞍、鹿角、虎头等。

在穹庐门外大天幕下，当门处置毡毯，为上位。呼厨泉单于坐在正中，周近坐在他右侧，匈奴人尚左，左侧有席虚设，示为正使董祀之座。两旁亦置毡毯，右贤王去卑座位靠近周近，其对侧有席虚设，备左贤王入座。

席均贴地而设，别有坐褥，如虎豹皮之类。周近为屯田司马。曹魏屯田制度，郡国设典农中郎将或典农校尉，依郡国大小而异：大者为中郎将，职较高；小者为校尉；其下置屯田都尉，或称典农都尉。又其下分营屯田，营置司马。故屯田司马在屯田都尉之下，但简称“司马”则俨然大官，周近即隐隐以此自炫。此人颇自尊大，有大国主义的臭味，傲下谄上，在席间时坐时起，不拘礼节。

自穹庐中时有胡婢捧出羊羔、马湩酒或干果之类，置主客席前。酒须时时斟添。

去　卑　呼厨泉单于，左贤王把董都尉引去了这半天，还不转来，准备好了的节目，我看，可以开演了。

单　于　还是再等一会儿吧。（回顾周近）周近司马，你所说的曹丞相的相貌，和我们这里所传说的大不相同呵。

周　近　你们所传说的是怎样？

单　于　是说曹丞相魁梧奇伟，一表堂堂……

去　卑　须长四尺，声如洪钟。

周　近　（抚掌大笑）呵哈哈哈哈，（向去卑）你们说的完全不对！右贤王！你们是怎么弄错了的？

单　于　（向去卑）去卑，不是我们往年派去的人，亲眼看见的吗？

去　卑　是呵，是他们回来说的。

周　近　（回思，忽有所悟）呵哈，我想起来了，是有那么一回事。（执杯在手起立徘徊）几年前曹丞相把袁绍消灭了，做了冀州牧[1]。在那时候，你们派遣了使臣去向丞相致贺。

去　卑　是的，那是四年前的事。我记得是在秋天。

周　近　对了。那时曹丞相要接见你们的使者，他觉得自己的相貌不扬，便请我的老师清河崔琰[2]来代替他。他自己却拿着刀站在崔老师的旁边，装成一个卫士。（一面陈述，一面做姿态表示）

单　于　呵，是那样的吗？难怪回来的人说，汉朝连当卫士的人，一眼看去，都像英雄豪杰呀！

周　近　所以你们所传说的曹丞相的相貌，其实是崔老师崔季珪的相貌。

去　卑　曹丞相真是一位会用心思的人呵。

---

① 州牧　汉末一州的军政长官。

② 崔琰　（？—216）东汉末年名士，字季珪。

周　近　你说得不错。曹丞相没有一刻不在用他的心思。他就由于用心过度，听说经常爱发晕病啦。

单　于　很厉害吗？

周　近　不，倒不那么厉害，不过总每每发作。他实在是太多才多艺了。你们知道吗？曹丞相会作诗，会写字，会下棋，会骑马射箭，会用兵，会用人。他的手下真真是猛将如云，谋臣如雨呵！

去　卑　那，我们是知道的。听说曹丞相的部下有荀彧[1]、荀攸[2]、郭嘉[3]、钟繇[4]，都是神机妙算的军师；还有张辽[5]、许褚[6]、夏侯渊[7]、夏侯惇[8]，都是一将当千的勇士！

周　近　一点也不错，他们都是一些了不起的人。他们对于曹丞相

---

① 荀彧　（163—212）出身世族，举孝廉，初附袁绍，继归曹操，为司马。彧，yù。

② 荀攸　（157—214）荀彧之侄，出身世族，后为曹操军师，从征张绣、吕布、袁绍等。攸，yōu。

③ 郭嘉　（170—207）字奉孝，颍川阳翟（今河南禹州）人。初投袁绍，以绍难成大事而离去。后由荀彧荐，归曹操，任司空军师祭酒，多谋善断，得到重用。从征十一年，运筹策划，对曹操统一北方多有贡献。

④ 钟繇　（151—230）三国魏大臣、书法家。字元常，颍川长社（今河南长葛东北）人。繇，yáo。

⑤ 张辽　（169—222）字文远，三国雁门马邑（今山西朔州）人。武力过人，最初跟随并州刺史丁原，后跟随吕布。吕布死后，归附曹操。

⑥ 许褚　（生卒年不详）字仲康，三国沛国谯县（今安徽亳州）人。曾聚宗族数千家以自卫，后归曹操。褚，chǔ。

⑦ 夏侯渊　（？—219）字妙才，三国沛国谯县（今安徽亳州）人。夏侯惇族弟，东汉末，随曹操起兵，从征袁绍、韩遂，有勇名。

⑧ 夏侯惇　（？—220）字元让，三国沛国谯县（今安徽亳州）人。东汉末，随曹操起兵，任东郡太守，后从征吕布、袁绍。惇，dūn。

都是心悦诚服的。你们要知道，曹丞相能够用人，这就是他的一项大本领。什么人在他的手下都可以发挥自己的才智。大家真是又爱他，又怕他。

去　卑　是怕他太英明了吧？

周　近　是呵，他真是十分英明。他的那一双眼睛炯炯有神，你如果立在他的面前，就好像自己的心肝五脏都被他看透了的一样呵。不过，曹丞相的可怕处倒不单在这里。

去　卑　可怕之处还在什么地方呢？你说。

周　近　（得意地）是在他当机立断，执法如山。只要你一有错处，他是丝毫也不容恕的。就是自己的儿女，他也要加以处分。因此，我们大家都感觉着——最好不要伤了他的和气。呼厨泉单于，这一点我要请求你们特别留意。

去　卑　周近司马，关于这一层我们是常常留意的。所以这一次你们奉了曹丞相的命令来到敝邦，要把蔡文姬接回去，单于和我是完全同意的。我要告诉你啦，左贤王是不甘心的，他这人野心勃勃，不知道会要闹出些什么乱子。

周　近　他命名为"冒顿"，是有用意的吗？

去　卑　可不是！你想，我们的祖先冒顿单于，他是打败过汉高祖，侮谩过吕太后的人。他公然要学他！

周　近　这个可麻烦了。难怪我们来了好几天了，蔡文姬到底回不回去，都还决定不下来。

去　卑　不过，我们已经准备好了，不管左贤王同不同意，我们都要逼着蔡文姬回去，决不辜负曹丞相的盛意。

周　近　这就很好。我刚才私下警告了他。我说：如果不把蔡文姬送回，曹丞相的大兵一到，你要立地化为齑粉[①]！

---

①齑粉　细粉；碎屑。齑，jī。

去　卑　你这话说得正当时，像左贤王那样的人，正应该使他知道曹丞相的军事力量。

单　于　去卑，你的话说得太多了！你怎么能说到曹丞相的军事力量上来？曹丞相这次送来了厚礼要迎接蔡文姬回去，实在也是对于我们南匈奴至诚和好的一种表示。匈奴和汉朝多少年以来屡以兵戎相见，现在已经如像一家，这并不是一件小事。董都尉传达曹丞相的意旨，是说只因匈奴和汉朝已如一家，所以蔡文姬才能回去。曹丞相还再三嘱咐过，蔡文姬回不回去决不勉强，一切都由我们决定。去卑，你想一想，这怎么能谈得上军事力量上来呢？

去　卑　是，是，我只是附和周近司马的话，有失检点。

单　于　（向周近）周近司马，我们决定让蔡文姬回去，也正是对汉朝和好的诚恳表示。曹丞相既然看重蔡文姬的文采，要她回去参与文治声教的事业，我们理当从命。不过她和左贤王是十二年的夫妻了，又有了儿女，一时难于割舍，也是人情之常呵！

周　近　是，是，左贤王的心境我也能领会。

去　卑　不过左贤王也实在是太执拗了。他虽然在说蔡文姬舍不得自己的儿女，我看，其实分明是左贤王自己在刁难。他刚才把董都尉请去了，我倒担心，该不是对董都尉心怀不善吧？

单　于　左贤王会那样不顾大局吗？

去　卑　那也很难说。他总是说蔡文姬舍不得自己的儿女，让董都尉去了又能怎样呢？其实如果是我，我倒索性让蔡文姬把儿女一同带回汉朝去了。

周　近　右贤王，是你，那还有什么话说呢！

单　于　好吧，周近司马，我现在可以告诉你，我们在今天一定让你们动身。我已经准备好了。我要派遣右贤王去卑率领胡兵二百名护送你们，一直把你们护送到曹丞相住的地方。

周　近　哦，那是太周到了。

单　于　我还要去卑同时带去黄羊二百五十头，胡马百匹，骆驼二十头。这些牲畜，一来供你们在路上的运输，二来供你们的食粮。特别是骆驼二十头我们是专诚奉献给曹丞相的。周近司马，请你代达我们的微意，问候丞相的起居。

周　近　单于的盛意我一定要禀报丞相。我想曹丞相一定会很高兴的，他一定会大大的欢迎右贤王。

去　卑　（向单于）我看时间不待了，左贤王还不转来，准备好了的节目，可以开演了！

单　于　好吧，那就不必等吧。

去　卑　（向上场斟酒的胡婢指使）你们下去传达单于的命令：准备好了的节目，现在可以开演了。

胡婢敬礼后向屏壁后下。此时周近就座，放下手里的酒杯。俄顷乐队、舞队登场，一一向单于等敬礼后，各按班就位。

表演节目可以适当安排。如胡舞可用维吾尔舞、角触戏（男子角力）、提簧舞、女子柔软体操（北京、广州均有艺人能此，如无适当艺人可以省略）及其他魔术，杂耍之类（但须考虑为一千多年前所能有者）。

在表演中左贤王偕胡兵二人由右侧入场，在左侧席位上就座。态度雍容，与第一幕判若二人。

单于与右贤王、周近见左贤王一人独返，而且态度改变，都有些诧异。

左贤王　请停一停。

表演节目中止。

单　于　（向左贤王）怎么样？董都尉呢？

左贤王 （稳重地）一切都顺利解决了。

单　于 （吃惊）什么？顺利解决了？你是说……

左贤王 文姬下了决心，我也下了决心。

单　于 我在问你董都尉啦！

左贤王 我正要说到他。他已经和我成了生死之交，你们看，（把腰上的玉具剑横陈膝上）他的玉具剑都已经在我手里了。

单于、右贤王和周近均大惊失色，不安于座。

单　于 （含怒意）你当真做出来了吗？

左贤王 （开始诧异，继而大笑）哈，哈哈哈，你们到底在惊惶些什么？董都尉很快就收拾好了。

单　于 （大怒）来人哪！

左右屏壁后及大穹庐中有胡兵，手执刀、斧、盾牌等涌出。

单　于 给我把左贤王拿下！

右贤王和周近均起立，手按腰间所佩刀剑。乐队、舞队均惊慌失措。但因左贤王颇得人心，胡兵们都面面相觑，不肯动作。

左贤王 （徐徐起立，愈益大笑）哈哈哈哈哈！你们发了狂吗？你们以为我把董都尉杀害了？哈哈哈哈哈！这不比演戏要有趣吗？你们看吧！

此时董祀身着胡装，佩轻吕刀，与蔡文姬由右侧入场。左贤王起立相迎。汉婢二人相随，一人抱琴，一人扶文姬。文姬已改着汉装，但仍愁眉不展，强为镇静。二婢在终场时一直服侍着文姬。诸人见场中情形均不免意外而略踌躇。

董　祀 （向左贤王）这是怎么回事？

左贤王 董都尉，有趣得很，有趣得很！他们发生了误会，以为我把你杀害了。

董　祀　你不但没有杀害我，反使我活得更有意义了。（向单于）来迟了一步，请原谅。

单　于　不，你来得正是时候。请坐。（让董祀坐于左侧）

文　姬　（至单于前敬礼）呼厨泉单于，劳你久候了。

单　于　不，我们大家正在专诚等你，你已经下了决心，回汉朝了吗？

文　姬　是的，我已经下了决心，左贤王也下了决心，他刚才对我说，要我回去依照曹丞相的意愿，继承我父亲的遗业，撰修《续汉书》。他说，这比我留在匈奴更有意义。我就听从了大家的意思，决心回去了。

单　于　好的，这对于匈奴和汉朝的和好是有很大的贡献的。匈奴和汉朝本来是一家人，不分什么彼此。我听说，你是舍不得你的一双儿女。做母亲的人，要和儿女分离，的确是件苦事。

文　姬　谢谢单于的关切，现在我最大的苦楚就是和我的儿女分离。认真说，这好像割掉了我的心肝。

单　于　文姬夫人，你安心回去吧。左贤王会好好照顾他们，我们也要特别照顾他们。匈奴和汉朝已经是一家，你的儿女留在这里也是一样。将来长大了，让他们回到你那里去好了。

文　姬　谢谢单于。

左贤王　好吧！让我来介绍一下。

左贤王把文姬引到周近前，二婢相随。

左贤王　这位就是汉朝的副使周近司马。

周　近　（毕恭毕敬地拱手鞠躬）我是屯田司马周近，恭候文姬夫人起居。

文　姬　（答礼）长途跋涉，辛苦了。

左贤王、文姬回身，立场中，面向众人。

单　于　现在我想请大家就座，重整酒宴，继续开演。

左贤王　（抢着说）我看酒宴可以停止了。不是说期限很紧迫吗？是不是可以准备动身了？

单　于　那也好。（向董祀）你，你完全变了样啦，董都尉！

董　祀　是的，这是左贤王赠送给我的匈奴服装，我把我的汉装也留赠给他了。

单　于　你们很快就成了好朋友啦。

董　祀　不仅是好朋友，而且还是亲戚呢。蔡文姬是我的表姐，我们是姨表姐弟，这是左贤王所没有料到的。

左贤王　真的呀！亲戚再加上好朋友，是最难得的。我们大家应该推心置腹，开诚布公。我今天这一半天，真是添了不少的智慧！

单　于　是的，一有了偏见，就容易发生误会。左贤王，你刚才说蔡文姬已经下了决心，你也下了决心，你叫大家准备动身，没有问题吗？

左贤王　当然没有问题，文姬来就是向你们辞行的。但我还有一点请求。

单　于　你还有什么请求？

左贤王　董都尉他们远道回去，为安全起见，我请求你派兵护送。

单　于　你请放心，我已经决定派遣右贤王去卑率领骑兵二百名护送，一直送到曹丞相住的地方去。

左贤王　哦，那就很周到了。

单　于　（向董祀）董都尉，曹丞相送来的礼品实在太隆重了，黄金千两，白璧十双，锦绢百匹，我们实在是受之有愧。我们匈奴无物可报，谨备黄羊二百五十头，胡马百匹，骆驼二十匹，以供路上的食粮和运输。特别是骆驼二十匹，是专诚奉献给曹丞相的，请代达我们的微意，问候曹丞相的起居。

董　祀　谢谢你，呼厨泉单于，汉朝和匈奴永归于好，这正是曹丞相的希望，也是我们大家的希望。

单　于　我听说，我们匈奴人是夏禹王的苗裔，匈奴人和汉人本来就是兄弟嘛。

董　祀　唉，正是那样。

左贤王　（接过去）好吧，我希望所有的兄弟，以后都不要再吵架！

全场的人

好呵！左贤王，你说得好！

左贤王　（回向右贤王）行李的准备是不是已经停当了？

去　卑　早已准备好，等了你三天了。

左贤王　（回向董祀）董都尉，现在就立地动身吧，你看怎样？

董　祀　请你问问文姬大姐，看她还有什么话吩咐？

左贤王　（回向文姬）文姬，你安心回去吧。你还有什么话吩咐？

文　姬　（沉抑但又沉着地）我的心都碎了，我也没有什么话好说。就让我向你告别吧。（向左贤王敛衽[1]为礼）我，祝你永远健康。

左贤王　（回礼，感慨地）我祝你一路平安！

文　姬　（向单于敛衽为礼）祝单于永远健康。

单　于　（答礼）祝王妃一路平安！

文　姬　（向全场的人敛衽为礼）祝大家都永远健康！

---

① 敛衽　liǎnrèn，指妇女行礼。

全场的人

（同声喊出）祝文姬夫人一路平安！

全体肃然，或行半跪礼，或行敛衽礼，或鞠躬拱手；有人感动垂泪者。

文姬被二婢搀扶着，徐徐向左首走去。

后台合唱，有音乐伴奏。——

愁为子呵日无光辉，
焉得羽翼呵将汝归？
一步一远呵足难移，
魂消影绝呵恩爱遗。
肝肠搅刺呵人莫我知。

——幕徐徐掩闭

蔡文姬来到父亲的墓前祭奠，倾诉对一双儿女的思念之情。由于过度悲伤和劳累，她晕倒在墓畔，梦到了初识左贤王的场景，还梦到自己和赵四娘、胡儿、胡女艰难跋涉，一起逃往汉朝的场景。梦醒后，蔡文姬沉浸在自己的悲伤里，久久难以释怀……

第三幕

在长安郊外，蔡邕之墓畔。

墓碑题“左中郎将蔡邕之墓”八字，墓前有石人、石马各一对。墓畔有亭，亭中有石桌、石凳之类。背景是一片森林，远远可见汉代陵墓，如茂陵，卫青、霍去病之墓等。天上有新月，群星闪烁。舞台一侧有天幕二三，表示文姬等来此谒墓，留墓畔露宿。

时已夜半，万籁俱寂。

文姬着披风，独自一人由天幕之一走出，因经长途跋涉，兼复思念子女，愈形憔悴。在墓台前往来屏营，时时仰天叹息或掩袖而泣。此时在她的情绪中回旋着《胡笳诗》第十七拍中的辞句。

后台合唱，有音乐伴奏。——

去时怀土呵心无绪，

来时别儿呵思漫漫。

塞上黄蒿呵枝枯叶干，

沙场白骨呵刀痕箭瘢。
风霜凛凛呵春夏寒，
人马饥㾯[①]呵骨肉单，
岂知重得呵入长安？
叹息欲绝呵泪阑干[②]。

文　姬　（行至墓前跪祷，向墓独白）父亲，大家都睡定了，我现在又来看你来了。你怕会责备我吧？曹丞相苦心孤诣[③]地赎取我回来，应该是天大的喜事。但我真不应该呵，我总是一心想念着我留在南匈奴的儿女。虽然有四姨娘在那里替我照拂他们，但他们总是一时一刻都离不开我的心。（起立屏营）我离开他们已经一个月了，差不多每晚上都睡不好觉。我总想在梦里看见他们一眼，但奇怪的是他们总不来入梦。爹爹，你说，我离开了他们，他们是怎样地伤心呵。特别是我那才满半岁的女儿。我都在这样思念她，她怕天天都在哭吧？唉，我一听见小孩儿的声音，就好像他们的声音。我一看见别人的小孩儿，就好像他们来到了我的眼前。但是，一个月了，我总不能梦见他们一次呵！（抚墓碑发问）呵，爹爹，该不是孩子们生了病吧？该不是碰到什么灾害吧？该不是……唉，我真不敢想象呵，但我的心却一刻也不让我停止想象。我无时无刻不在想呵，饭也不想吃，觉也不能睡。像这样，我到底能够做些什么呢？呵，我辜负了曹丞相，我辜负了你啦，爹爹！（跪下）曹丞相要我学那班昭，让我回来继承父亲的遗业，帮助撰述《续汉书》。但我现在已经成了一个废人。

① 㾯　huī。
② 阑干　形容纵横交错，参差错落的样子。阑，lán。
③ 苦心孤诣　费尽心思钻研或经营，达到别人达不到的境地。诣，yì。

我有什么本领能够做到班昭？我有什么力量能够撰述《续汉书》呢？呵，父亲，请你谴责我吧！谴责我吧！我为什么一定要回来？我为什么一定要回来呵？……

倦极，倒在墓前，昏厥。

舞台转暗，渐渐转明，在纱幕后显出各种各样的情境。

首先现出山川萧条，道路有白骨，有褴褛人群在道途中流离，有胡兵追逐。尘烟蒙蒙。蔡文姬时年十八岁，素服（因其前夫卫仲道身死未久，尚在孝中），负琴一具，与赵四娘同在逃难中，为胡兵所获，受鞭策。旋遇左贤王，时尚无髯。胡兵们均惊呼“左贤王来了！左贤王来了！”作鸟兽散。文姬与赵四娘得到礼遇。

左贤王 （问赵四娘和蔡文姬）你们是什么人？

赵四娘 我姓赵，叫赵四娘。（指文姬）这位是我的姨侄女，蔡文姬。我们都是这陈留郡的人。

左贤王 看来你们都像是大户人家的女子？

赵四娘 （指文姬）我这姨侄女是有名的蔡邕蔡伯喈先生的小姐，……

左贤王 哦，难怪得！我说这位小姐怎么长得这样清秀！蔡伯喈先生，我们匈奴人也是知道的，他是汉朝的一位大学者，不幸他在长安被司徒王允杀死了。你就是他的小姐吗？难怪得！你们怎么这样零落呢？

赵四娘 我们的一家都被杀光、抢光了。我已经是一个孤人，我的姨侄女也成为一个孤人了。

左贤王 你们打算到什么地方去？

文　姬 （向赵四娘）你告诉他，我们打算到江南去。

赵四娘 是呵，我姨侄女说：我们打算到长江以南。

左贤王 到长江以南？很远吧？

赵四娘 是很远啦。

左贤王 我听说长江以南有的地方冬天不见雪，夏天像火炉，那怎么过日子哟？

赵四娘 也有不太热的地方呵。

左贤王 总是很远呀，你们怎么能去呢？

赵四娘 我们娘儿两人，打算沿途乞讨，沿途卖唱，总可以过活下去。我这位姨侄女，她是会弹琴，会唱歌的。

左贤王 想是想得好，但你们还没有逃出陈留，今天如果不遇着我，不是已经完了！

赵四娘 谢谢你，大王！

左贤王 没有什么，我也只是偶然碰着你们。目前汉朝的局面，实在闹得也太不像样了！什么外戚，什么宦官，还有既非外戚又非宦官的豪强大户，他们就只晓得争权夺利，草菅人命。以前是抢田地，抢财产，抢官职，抢百姓的子女，现在是抢起皇帝来了。四处都在杀人放火，一杀就杀得一个精光，一烧也烧得一个精光，不要说你们就有翅膀也飞不到长江以南；即使飞到了，长江以南的情形又怎样呢？恐怕也差不离吧？还不是一样地在争权夺利、杀人放火？你们往哪里逃呢？

文　姬 四姨娘，你告诉他：实在没有路走，我们就跳进黄河！

赵四娘 是呵，我们走到绝路，就跳进黄河呵！

左贤王 那倒干脆。但我想，也可以不必那么轻生吧！生命不是宝贵的东西吗？

文　姬 四姨娘，你告诉他：人生还有比生命更可宝贵的东西！

赵四娘 对啦，人生还有比生命更可宝贵的东西！

左贤王 我懂得你们的意思。我们匈奴人里面也有好人，他们是轻生死、重义气的。（踌躇了一会儿）我想，在这样兵荒马乱的年辰，你们倒不如跟我一道到匈奴去。

赵四娘 （吃惊）到匈奴去？

左贤王 是呵，我不久要回匈奴去了。我想，到匈奴去我就能够保护你们。我们匈奴也是好地方，牛羊遍野，骆驼成群，夏天的草原是一片碧琉璃，冬天的草原是一片银世界。你们到了那边，喜欢什么，我就给你们什么。我在这里虽然没有人知道，但在匈奴是人人知道的。我们匈奴人的皇帝就叫单于，单于之下就是左贤王。因此，我在匈奴的地位，也正合乎你们所说的，“在一人之下，万人之上”。到了匈奴，我就完全能够保护你们了。（又踌躇了一会儿）我要老老实实地说一句话：我很喜欢这位小姐。（指着蔡文姬）我们匈奴也有不少的女子，我也看过不少的女子，但不知道怎的，我今天一看见了这位小姐，就好像遇到了一位仙女啦。我们匈奴人是直爽的，有什么话就说什么话。只要这位小姐也喜欢我，那就再好也没有了。前朝不是有过一个王昭君吗？

赵四娘 （感到突然，回看文姬）……

文　姬 （沉着）四姨娘，请你问他，他回匈奴的时候，是不是要经过长安？

左贤王 （不等赵四娘转达）是要经过的。经过长安之后再往西北走啦。

文　姬 （向赵四娘）我倒有意思到长安去替父亲扫墓。

赵四娘 那么，我们就仰仗他把我们保护到长安去吧。

文姬点头。

赵四娘 （向左贤王）我想请你把我们送到长安去，你同意吗？

左贤王 那不成问题。我绝对保护你们，使你们两位长远住在一道。你们能骑马吗？

赵四娘 驯善些的马是能够骑的。

左贤王 那么，好！（回顾胡兵）你们下去辔[1]两匹好马来！

胡兵下，闻马嘶声。

暗场一会儿，复转明。远远现出万里长城，一片荒凉的草原；文姬与赵四娘在草原中艰苦赶路，赵四娘背着胡女，文姬手提包裹，正向长城的一座关门走去，有马蹄嘚嘚声，文姬与赵四娘惊惧。赵四娘因年老负重，失足倒地，脚受伤。文姬先为解下胡女，置之地上。想挽起赵四娘，不能起立。胡女号哭。俄而马蹄声止，有连呼"妈妈"之声，胡儿伊屠知牙师奔驰入场。

胡　儿 妈妈，妈妈，妈妈，你们回去，怎么不带我去？（拥抱其母）

文　姬 （抚摩胡儿）呵，伊屠知牙师，你赶来了？你爹爹呢？

胡　儿 我不知道他往哪儿去了。我打了兔子回家，看见你和四姨婆不在，昭姬小妹也不在。我处处找你们，我想你们一定是回汉朝去了。我骑着马赶来，幸好把你们赶上了。妈，你为什么不告诉我就走呢？

文　姬 怕你爹爹知道啦，你爹爹是不肯放你走的。你现在来了就好了。四姨婆把脚跌坏了，赶快把你的马牵来，让她骑吧。

忽然雷电震闪，大雨滂沱。文姬从地上将胡女抱起，以头掩护之。胡儿以身庇护赵四娘。四人艰难万状。

文姬忽然昂头，怒目四向盘旋，放声大呼："天呵，你是有眼睛的吗？上帝呵，你是存在的吗？你为什么这样折磨我们？！"此语反复大呼数遍。

胡儿一面要照拂赵四娘，一面担心他的母亲，处于两

---

① 辔　pèi，驾驭牲口用的嚼子和缰绳。此处用作动词。

难之中。赵四娘毅然向胡儿："伊屠知牙师，快去扶着你母亲！"胡儿奔赴文姬身旁，加以扶持。胡女号哭。

舞台渐渐转暗，有人连呼"文姬夫人"之声。

转明，文姬仍倒在墓前。侍琴正搀扶着她，使她坐起身来。

侍书自天幕中捧出姜汤一杯，走向文姬。

侍　书　文姬夫人，请你喝杯姜汤啦，提提神。

文　姬　（就侍书手中呷之）谢谢你们。（作回思状）呵，我在这儿倒睡了一觉，做了好些怪梦。

侍　琴　你梦见什么？

文　姬　我梦见赵四娘，也梦见我的儿女。我们娘儿四人在逃回来的途中，在草原上遇着滂沱大雨，雷电交加。正在无法可施的时候，醒转来了。呵，尽管怎样艰难，就留在梦里不醒，不是更好吗？

侍　书　文姬夫人，你太悲伤了。这样是有伤你的身体的。我们还是回天幕里去吧。

文　姬　谢谢你们。天幕里气闷得很，让我就留在这儿吧。这儿要更开朗一些，请你们把我扶到那亭子上去。

二婢扶文姬起立，徐徐向墓亭走去。

此时在文姬情绪中又在回旋着《胡笳诗》第十四拍了。

后台合唱，有音乐伴奏。——

身归国呵儿莫之随，
心悬悬呵长如饥。
四时万物呵有盛衰，
惟我愁苦呵不暂移。
山高地阔呵见汝无期，
更深夜阑呵梦汝来斯。

梦中执手呵一喜一悲，

觉后痛吾心呵无休歇时。

文　姬　（被扶上亭，择一石凳，对月而坐，向侍琴和侍书）你们都去睡觉去吧，让我一个人在这儿休息一会儿。

侍　书　我是睡了一大觉的，侍琴姐你去睡吧，我留在这儿陪伴夫人。

侍　琴　我也不知不觉地睡了一大觉，睡得很甜。我现在也不想睡了。

文　姬　你们都去睡，还只是半夜呢，明天一早不是要赶到华阴去吗？

侍　琴　夫人要去睡，我们就扶你去；你不去睡，我们都在这儿陪你。

文　姬　你们都不想去吗？

侍　书　不想去。

文　姬　（向侍琴）那么，请你去把那焦尾琴抱来。

侍　书　侍琴姐，请你把这杯子顺便带回去。（将手中姜汤杯交给侍琴）

侍琴持杯下亭，入天幕中，抱琴而出。上亭，将琴放在蔡文姬面前的石桌上。

文　姬　（调好琴弦，自行弹唱）

我与儿呵各一方，

日东月西呵徒相望，

不得相随呵空断肠。

对萱草呵忧不忘，

弹鸣琴呵情何伤？

今别子呵归故乡，

旧怨平呵新怨长。

泣血仰头呵诉苍苍，

胡为生我呵独罹此殃？

胡与汉呵异域殊风！

天与地隔呵子西母东。

苦我怨气呵浩于长空，

六合虽广呵受之应不容！

在弹唱中董祀由另一天幕中走出，在月下徘徊静听。俟文姬弹唱毕，向幕亭走近。

董　祀　文姬大姐，你在这样的深更半夜还在这儿弹琴？

文　姬　我睡不着觉，把你闹醒了吗？

董　祀　是别人把我叫醒的，大家都在替你担心，怕你把身体弄坏了。

侍书扶文姬步下墓亭，侍琴抱琴相随。

文　姬　谢谢你们。我自己也知道，我这样实在不好，但我总是管辖不住自己。

董　祀　大姐，你是弹得很好，也是唱得很好的。你的音调真是充满了宇宙，你的歌辞真是震荡人的灵魂。你是在用你全部的心血，全部的生命，在那儿弹奏，在那儿歌咏。

文　姬　公胤，你那样欣赏吗？

董　祀　是呵，大姐，从我们欣赏者来说，你这样的调子，这样的歌辞，是愈多愈好的；但从你创作者来说，你这样全心全意沉没在你的悲哀里，恐怕不能够经久吧？

文　姬　公胤呀，我自己也知道，但我总是管辖不住啦。

侍　琴　董都尉，刚才文姬夫人在那幕台上晕倒了一会儿呢！

董　祀　是那样吗？大姐，你假使病倒了，我们是对不起曹丞相，对不起伯喈先生的！

文　姬　是我对不起你们。

董　祀　不要那样说。我们总希望你把心胸放得更开阔一些。

文　姬　我也想做到那样，但我丢下了的两个儿女却一时一刻也不能忘怀。

董　祀　侄儿侄女有四姨娘照管，是平安无事的，你请放心吧。你请多想些更快乐的事。譬如，大姐，你留在南匈奴十二年，现在能够平安地回来了，这难道不是一件天大的喜事？

文姬点头。

董　祀　你十二年前离开故乡时是怎样，十二年后的今天又是怎样？在曹丞相的治理之下，“千里无鸡鸣”的荒凉世界，又逐渐熙熙攘攘[①]起来了，百姓逐渐地在过着安居乐业的生活，这难道不是又一件天大的喜事？

文　姬　是的，我们感谢曹丞相。

董　祀　大姐，你还请想想，从前我们的边疆，年年岁岁受到外患的侵扰，而今天呢是鸡犬相闻、锋镝[②]不惊。我们从南匈奴回来，沿途都受到迎送，没有些微的风吹草动，难道这是一件小事吗？

文　姬　不，不是小事。这是我自己亲身的经历。

董　祀　那么，你为什么不从这些大处着想，只是沉浸在个人的儿女私情里面呢？大姐，请你把天下的悲哀作为你的悲哀，把天下的快乐作为你的快乐，那不是就可以把你个人的感情冲淡一些吗？如今“马边悬男头，马后载妇女”的时代，已经变成为“箪食壶浆，以迎王师”的时代。大姐，你是敏感的人，你这一路上，难道都还没有感受到吗？

文　姬　我感受到了，只是我自己的悲哀太深，总是扭不转来呀。

董　祀　大姐，我是同情你的。我要向你说句实话，我从小时就敬重着你，你博学多才，觉得就是班昭也不能和你相比。

---

① 熙熙攘攘　xīxīrǎngrǎng，形容人来人往，非常热闹。

② 锋镝　刀刃和箭头，泛指兵器，也借指战争。镝，dí。

文　姬　你把我估计得太高了！

董　祀　（迟疑一会儿）但我现在更要向你说句老实话，我对你是感觉着有点失望了。到底个人事大，还是天下事大？天下的人，几年前有多少人流离失所，妻离子散，你不曾替他们悲哀，而你现在却只怀念着你一对平安无事的子女。你的心胸为什么那样狭窄呢？

文　姬　（憬悟[1]）呵，公胤，我感谢你。

董　祀　因为你是我的姐姐，我才毫不掩饰地这样说。但我也是鼓起了勇气的，在路上我早就想说，又怕伤了你的心，但在今天我却不能不说了。不说，就好像看着一个人沉溺在水里，袖手旁观地不肯打救他的一样。你老是沉溺在悲哀里，这样下去，是要毁灭你自己的。我们看着你自己毁灭，那是对不住你，对不住伯喈先生，也对不住曹丞相。请你把我的话来回味一下吧，可能是逆耳之言，不大好听的。

文　姬　（在倾听中逐渐使愁眉解锁，面带笑容，精神振作了起来）公胤，你的话说得真好，这对于我要算是起死回生的良药。我感谢你，是你两次把我打救了。公胤，我要向你发誓：我从今以后要听你的话，尽量减少个人的悲哀。

董　祀　好吧，大姐，只要你不生气，不再那么悲哀，那我就再高兴也没有了。我们的话已经说得不少了，还是请你去休息一会儿，明天我们还要赶路。

文　姬　好，我听你的话。你也去休息一会儿吧。（矫健地向天幕走去）

侍书、侍琴随后。

董祀伫立目送之。

---

① 憬悟　醒悟。憬，jǐng。

文　姬　（走至天幕前，止步，回顾董祀）公胤，你也去休息吧，明天见！

董　祀　（拱手）明天见！

文姬进入天幕中，侍书、侍琴随入。

——幕徐徐下

成长启示

长安郊外，蔡文姬晕倒在父亲的墓前，梦醒后陷入难以排遣的悲痛之中。后来她听了董祀的劝慰，学会了从大处着想，以天下之乐为乐，以天下之哀为哀，进而从个人的悲痛中走了出来。蔡文姬这份博大的胸怀令人动容。古往今来，无数仁人志士为了民族大义，舍弃小我，做出种种伟大的牺牲。他们的选择令我们敬佩，也值得我们学习。作为祖国的未来，我们也要学会珍惜当下生活的来之不易，始终保持拳拳爱国之心，珍惜光阴，不断提高自身本领，时刻准备着在将来为祖国的建设贡献力量。

要点思考

1.根据董祀劝解蔡文姬的一番话，可以看出他具有怎样的性格特征？

2.这一部分写到了蔡文姬做的两场梦，这两场梦有什么作用？

蔡文姬在周进的护送下到了邺下。周进暗示曹操，董祀与左贤王暗通款曲，并且和蔡文姬来往过密。曹操听罢大怒，下令让董祀自裁。蔡文姬得知这一消息后，急忙求见曹操，想对曹操说明事情原委，搭救董祀。曹操会相信蔡文姬的话吗?

第四幕

第一场

邺下，曹丞相之书斋。夜。

琴棋弓矢，图书文物均可适当布置，但须朴质而庄重。曹操尚俭约，不喜奢华，具有平民风度。多才多艺，喜诙谐，潇洒，不拘形迹。但亦有威可畏，令人不敢侵犯。当时的习惯还是席地而坐，地上全面敷毡毯，座有坐垫或蒲团之类。书案须矮，但曹操所用之书案要大些，案上陈列文书笔砚之类。砚乃瓦砚，形如长箕而有四足。曹操善书，在案旁不妨设一有釉陶筒（不能用瓷，当时尚无瓷），插入纸卷画轴之类。

曹操在灯下看书，不断击节称赏，连赞“好诗！好诗！”其夫人卞氏坐在一旁缝补被面。曹操所用被面已历十年，每岁解浣缝补。

卞　氏　这条被面真是经用呵。算来用了十年了，补补缝缝，已经打了好几个大补丁。

曹　操　补丁愈多愈好。冬天厚实，暖和些。夏天去了棉絮，当单被盖，刚合适。

卞　氏　（笑出）你真会打算。

曹　操　天下人好多都还没有被盖，有被盖已经是天大的幸福了。（拍案叫绝）呵，好诗！好诗！（继之以朗吟，一面以手击拍）

谓天有眼呵何不见我独漂流？

谓神有灵呵何事处我天南海北头？

我不负天呵天何配我殊匹？

我不负神呵神何殛①我越荒州？

好大的气魄！有胆力，说得出！

卞　氏　你在读谁的诗呵？

曹　操　蔡文姬的《胡笳十八拍》，是董祀前几天由长安派人送回来的。

卞　氏　哦？蔡文姬已经到了长安吗？

曹　操　早就到了，恐怕在这一两天就要回到我们这儿了。

卞　氏　我们要好好地欢迎她呀。怪可怜的，陷没在南匈奴，足足十二年！你说，她今年有多大年纪了？

曹　操　算来怕已有三十一二吧。我记得她是在她父亲充军的时候生在朔方的，那是光和元年（公元178年）。蔡邕在朔方九个月，朝廷赦免了他们。但蔡邕在回来的路上又得罪了五原太守王智，他们又要杀他，弄得来在江海亡命十二年。直到初平元年（公元190年）才回到洛阳，他立即就被董卓强迫利用了，实在可惜。

卞　氏　他为什么不逃走，就像你一样呢？

---

①殛　jí，杀死。

曹　操　文人的短处就在这些地方了，听说他也想逃走，但没有下定决心。

卞　氏　亡命十二年中，蔡文姬是跟着她父亲的吧？

曹　操　那当然了，不过回到洛阳以后不久就分开了。她父亲就在初平元年三月跟随朝廷迁都到长安，文姬是留下来了。她在初平三年（公元192年）嫁给河东卫仲道。不久她父亲在长安遇害，她母亲赵五娘也跟着死了。蔡伯喈的死实在是一项大损失。他的文章学问，今天还没有人能赶得上他。

卞　氏　蔡文姬听说也很有才学的啦？

曹　操　她小时候很聪明，记性很好，过目成诵。现在看她这首《胡笳十八拍》，使我感觉着蔡中郎是有一个好女儿啦。这也是艰难玉成了她。她在父母死后的第二年又把丈夫死掉了。

卞　氏　哎呀，真可怜啦！

曹　操　丈夫死后回到陈留，不两年，就在兴平二年（公元195年）又流落到匈奴去了。

卞　氏　哎呀，这孩子真是灾难重重啦！

曹　操　我也可怜她！所以这一次才派人去南匈奴把她接回来。我看她回来是可以承继她父亲的遗志，做出一番事业的。她父亲想纂修《续汉书》，这对她不就是最适宜的事吗？

卞　氏　她在南匈奴十二年，听说已经有了一子一女，能够一道回来吗？

曹　操　不能，那边的左贤王不肯。

卞　氏　那不又是伤心的事？

曹　操　是呵，她的《胡笳十八拍》就是写出她这天大的伤心。

曹操一面谈话，一面在翻阅诗稿。他似乎能够五官并用。

卞　氏　算来她要小我十六七岁。你看，我是把她当成妹子呢，还是当成侄女儿？

曹　操　当然当成侄女儿了。蔡伯喈和我是忘年之交，我是把蔡文姬当成自己的女儿一样看待的。（又拍案叫绝，使卞氏吃一惊）哦，好诗，好诗！（击拍吟哦）

怨呵欲问天，
天苍苍呵上无缘，
举头仰望呵空云烟。（重重地击拍）

卞　氏　值得你那样欣赏的诗，那一定是很好的了。

曹　操　实在好得很，实在好得很！（继续击拍吟哦）

今别子呵归故乡，
旧怨平呵新怨长。
泣血仰头呵诉苍苍，
胡为生我呵独罹此殃？

简直是血写成的！（停一会儿，继续吟哦）

天与地隔呵子西母东。
苦我怨气呵浩于长空，
六合虽广呵受之应不容！（又重重击拍）

卞　氏　（流泪，频频以手巾拭之）多么悲哀呵，你读得我都流出眼泪来了。

此时曹丕入场。曹丕时年二十二岁。手执简牍一通，走向曹操侧近跪地呈献。

曹　丕　爹爹，遣胡副使屯田司马周近迎接蔡文姬回来了。

曹　操　蔡文姬已经到了吗？我同你母亲才在这儿提到她。

曹　丕　周近到府报到，他呈缴了董祀的这通表文。南匈奴右贤王去卑也到了。

曹　操　董祀没有回来吗？

曹　丕　表文里说他在华阴落马，把左脚摔断了，要在当地治疗。

曹　操　你把它念一遍给我听。（把简牍推给曹丕）

曹　丕　（展开简牍念出）"待罪臣董祀，诚惶诚恐，死罪死罪，顿首禀白丞相曹公麾下。臣从长安赶赴华阴道中，不幸失足落马，致左胫骨折断，不能行旅。遵医嘱，当留华阴疗治，恐需一月方能治愈。程期已迫，不敢羁延，谨遣副使屯田司马周近护送蔡琰回邺，先行报命。南匈奴呼厨泉单于所遣报聘使者右贤王去卑，亦由周近导引晋谒。所贡方物，由周近面陈。臣一旦痊愈，即回邺听受处分。臣董祀诚惶诚恐，死罪死罪，顿首顿首。建安十三年四月十日。"

曹　操　好，那位周近我现在就接见他，你去叫人把他引到这儿来。

卞　氏　（收拾针黹，离座）我去替你吩咐吧，（向曹丕）子桓，你留在这儿。

曹　操　那也好。

卞氏下场。

曹　操　（把《胡笳十八拍》的抄本递给曹丕）这诗你看过吗？

曹　丕　呵，《胡笳十八拍》。董祀送回来的时候，我早就看到了，我还抄了副本呢。

曹　操　你也欣赏吗？

曹　丕　哈，我觉得是《离骚》以来的一首最好的诗。

曹　操　你的眼力不差。我看你们的那一批文友，王粲、刘桢、阮瑀、应玚，恐怕没有一个人能够作得出来。

曹　丕　不行，我们没有那样的经历，没有那样磅礴的感情。不仅我们这一批，据我看来，自秦汉以来就没有这样一个人。司马迁的文章是好的，但他的不是诗。屈原、司马迁、蔡文姬，他们的文字是用生命在写，而我们的文字只是用笔墨在写。

曹　操　你这见解好。蔡文姬有了这一篇《胡笳十八拍》，我看她这一次回来也就大有收获了。我很高兴，我做了一件好事。她如果不回来，是作不出这首好诗的。

曹　丕　实在是首好诗。我很欣赏她这第十拍，（据稿指点朗诵）

城头烽火不曾灭，
疆场征战何时歇？
杀气朝朝冲塞门，
胡风夜夜吹边月。

这些诗句多么精巧，多么和谐呵！

曹　操　我看，她的长处就在善于用民间歌谣体。像这七言一句的诗，在西汉末年以来的歌谣和铜镜铭文里面早就有了，但一般的文人学士却不敢采用。你的那两首《燕歌行》是七言诗，倒还写得不错，但也只有那么两首呵。

曹　丕　文人学士总是偏于保守的，四言诗固定了一千多年，近年才逐渐着重五言诗。七言诗要被人看重，恐怕还不知道要隔多少年代呢。

曹　操　这些都还是技法上的事情，可以概括成为有独创的风格。但这《胡笳十八拍》，我看，最要紧的还在有感情，有思想。这诗里面包含有灭神论的见解啦。

曹　丕　是的，她的胆子真够大，把天地鬼神都咒骂了。

曹　操　我欣赏她的正在这些地方，但她会受人排斥的恐怕也就在这些地方吧。

一侍者入场报道：“屯田司马周近到了。”

曹　操　请他进来。

侍者应声下。不一会儿，周近入场，远远跪地向曹操敬礼，更向曹丕敬礼。曹氏父子分别答礼。

周　近　小官周近敬候曹丞相万福，敬候五官中郎将起居。

曹　操　（指近旁座席，刚才卞氏所坐者）辛苦了，请到这儿坐下，仔细地谈谈。

周　近　（惶恐）小官不敢领座。

曹　操　（豁达地）不必那么拘形迹吧，“恭敬不如从命”。

周　近　好，那就遵命了。（起立，上前就座）

曹丕亦选一稍远座席坐下。

曹　操　你们是今天到达的吗？

周　近　是，是今天下午申时初刻到达的。离开龙城，一共走了四十五天。南匈奴单于呼厨泉，要我代达他的敬意，敬候丞相万福。

曹　操　多谢他啦。

周　近　来时他贡献了黄羊二百五十头，胡马百匹，骆驼二十头，并由右贤王去卑率领胡骑二百人护送。贡品已妥帖点交。

曹　操　那边的情形怎样？

周　近　据小官的观测，呼厨泉单于和右贤王去卑是心向本朝的。由于三郡乌桓平定了，丞相这次又特别以隆重的玉帛赎回蔡文姬，他们对于丞相特别是畏威怀德。呼厨泉单于特遣右贤王去卑领兵护送，也就足以表现他们的诚意。

曹　操　那么，那位左贤王的态度是怎样？

周　近　（略作思虑）此人的态度——我觉得不大佳妙。

曹　操　呵？

周　近　赎回蔡文姬，他是不同意的，做了种种的刁难，拖延时日，最后小官只好向他说：你如果不把蔡文姬送回，后果是严重的，曹丞相的大兵到境，那就玉石俱焚了！

曹　操　（目光更加炯然）你向他说过那样的话？

周　近　是，小官是在最后一天才说出的。我看到左贤王实在桀骜不驯，只好警告他一下。不过他听到我那样说，倒似乎反而妥帖了。此人我感觉实在傲慢，他自名为“冒顿”，也可以想见他的野心勃勃了。

曹　操　他是在追慕他们的祖先啦。

周　近　正是那样的，不过我向呼厨泉单于说过，他不会成为“冒顿”，而是会成为“蹋顿”的。

曹　操　（笑出）哈哈，你有风趣。不过“冒顿”在匈奴本音是读为“墨毒”的。

周　近　（惶恐）那我有失检点了。但我看到呼厨泉单于和右贤王去卑也喊他是“矛盾”啦。

曹　操　那怕是在和左贤王开玩笑。好吧，请你谈谈蔡文姬的情况。

周　近　看来还好，长途跋涉，倒还没有生病，这是托丞相的洪福。

曹　操　董都尉把她的《胡笳十八拍》从长安送回来了，我刚才看到。她这诗你看过吗？

周　近　我看过，她沿途都在弹唱。

曹　操　你觉得怎样？

周　近　（揣摩不透曹操的问意，迟疑了一会儿）我不通音律，也不大懂诗。不过，我觉得好像很悲哀，很放肆，似乎有失“温柔敦厚”的诗教。

曹　操　唔，你这倒是一种看法。

周　近　（自以为揣摩得手）我觉得蔡文姬夫人似乎有些不愿意回来，在她的诗里充满着怨恨，甚至于说到她的怨气之大连宇宙都不能容下。

曹　操　但她不是也很怀念乡土吗？她这诗里不是在说：“无日无夜呵不思我乡土？”你看，她不是又在说：“雁南征呵欲寄边心，雁北归呵为得汉音。雁高飞呵邈难寻，空断肠呵思愔愔？”你怎么能说她不愿意回来？我看，她是舍不得和她的儿女生离，所以才那样悲哀。

周　近　是，是，丞相所见极是。蔡文姬的心境是杂乱的。她既怀念乡土，又舍不得儿女。她既过不惯匈奴的生活，又舍不得左贤王。据小官看来，蔡文姬和左贤王的感情很深，诗里面虽然着重说到自己的儿女，但也说到左贤王宠爱她。像左贤王那样的野心家，以冒顿（先说为“矛盾”，后改口为“墨毒”）自居的人，我就不大理会，为什么蔡文姬夫人对他会有好感？

曹　操　（觉得他的话牵涉太远，有意转换话题）董都尉的伤势怎么样？

周　近　相当严重，把左脚的胫骨折断了，将来说不定会成为残废。

曹　操　他是怎样落马的？

周　近　他骑在马上睡觉，马失前蹄，他就跌下马来。

曹　操　你们在路上赶得很紧吗？

周　近　其实也并不那么紧，只是董都尉的生活——似乎可以说，是有些——失检点的地方。

曹　操　唔？是怎样的？

周　近　他和蔡文姬是竹马之交，他们是太亲密了。我听说他们有时深夜相会，整晚都不睡觉。

曹　操　（有些声色）有那样的事吗？

周　近　丞相可以调询同路的任何人，我看每一个人都是知道的。特别是同来的匈奴人，啧有烦言。

曹　操　哼，我倒没有想到董祀这后生才是这样！

周　近　（看到话已投机）董都尉的态度，我实在也不能理会。他和蔡文姬特别亲密，其实都还是情理中事，最难令人理会的是他同左贤王的来往啦。

曹　操　他和左贤王怎样？

周　近　左贤王对于本朝是有敌意的，我们在南匈奴的期间，他事事刁难，对于我们的行动也常常监视。他想扣留着蔡文姬不让她回来，总是借口：蔡文姬舍不得她的儿女。呼厨泉单于后来给了他们三天考虑，可是左贤王总是拖延，推诿。到了第四天了，左贤王突然把董都尉请到他那里去了，据他说，蔡文姬夫人要亲自和董都尉见面，以做最后的决定。我们还担心有什么阴谋，不让董都尉去，但他毕竟去了。然而，奇怪得很！

曹　操　（有些颜色）怎么样？

周　近　真是想不到的事呵。董都尉去了之后，却和那位桀骜不驯的怀抱敌意的左贤王立地成了好朋友。他们相互以刀剑相赠，据说是成了“生死之交”。左贤王把他的轻吕刀给了董都尉，董都尉也把丞相赐给他的玉具剑和朝廷的命服都给了左贤王。

曹　操　（含怒意）是真的？

周　近　没有半点虚构，同行的人，人人都可以对证。

曹　操　人人都可以对证吗？

周　近　是，人人都可以对证！

曹　操　哼，这岂不是暗通关节吗？

周　近　那进一步的情形小官就无从知道了。

曹　操　（眼神闪烁，决绝地向着曹丕）好，子桓！你给我记下一道饬令[①]！

曹　丕　（应命，从腰带上的小佩囊中取出铅条和木片一枚，这在古人称为“铅椠[②]”，以备记录）请父亲念。

曹　操　“十万火急，饬华阴县令：屯田都尉董祀暗通关节，行为不端。令到之日，着即令其自裁！建安十三年四月二十日。”

---

① 饬令　上级命令下级（多用于旧时公文）。饬，chì。

② 椠　qiàn，古代写字用的木板。

曹　丕　（记录好，送呈曹操）请父亲署名。

曹　操　（把简牍接到手里，念了一遍，签好字，交还曹丕）你立即派人兼程送往华阴！

曹　丕　是！（起身将下）

曹　操　你把周司马也领下去。明天上午辰时正刻（今之九时），在后花园松涛馆中接见右贤王去卑，周司马陪见。你们好生部署。

曹氏父子在交谈中，周近已跪起半身，颇呈得意之态。向曹操拱手敬礼。

周　近　丞相，我还要请示一下。

曹　操　什么事？

周　近　蔡文姬夫人如何交代？

曹　操　容我再作考虑。（向曹丕）子桓，关于她的情况你可以好好查询一下。

曹　丕　（起身）是，我要留意。（向周近）周司马，请你同我一道下去。

周近再向曹操敬礼一次，起身。

——幕下

第二场

驿馆之一室。前场之次日，清晨，有鸡啼声。

馆中设书案、镜台诸事。古人席地而坐，台案不能过高（情景可参照顾恺之《女史箴图》）。

蔡文姬正伏案假寐，案上有纸笔墨砚等，表示她在写作。

侍书入场，略吃一惊，忙轻轻由衣架上取下外衣，给文姬披在肩上。

文　姬　（从微睡中惊醒）啊，侍书，多谢你啦！天已经大亮了吗？

侍　书　是的，文姬夫人，快到辰刻了。刚才我进来，看见你还在写，我没有惊动你。可是，一转眼你就睡着了。昨天才赶到这里，长途的疲劳还没有恢复，你就写了一夜。夫人，还希望你多多保重，才不辜负曹丞相的一番心意啊。

文　姬　侍书，你和侍琴对我太好了，我感谢你们。可是，你知道，我自从回到汉朝，经过长安来到邺下，一路之上，我所看到的都是太平景象，真叫我兴奋。我活了三十一年，这还是第一次看到的。曹丞相对我的这番心意，我是越来越能领会了。我该做些什么事情来报答他呢？董都尉说，曹丞相有意叫我帮助撰修《续汉书》，这是我父亲的遗业呵，我是应该继承的。我父亲的著作很多，可惜都丢散了，算来我还能记得四百多篇，我正在清写目录。我想，如果我把这四百多篇尽快抄录出来，对于《续汉书》的撰述，是会有所帮助的。侍书，你说对吗？

侍　书　夫人，你想得真好。如果你肯让我们抄写，我们是很乐意的哪。

文　姬　谢谢你们。侍琴呢？

侍　书　侍琴姐一早到丞相府里去了。

文　姬　我倒应该早一些去见曹丞相，向他表示我的感谢。周司马有没有什么通知来？

侍　书　没有，听说他昨天晚上受到丞相的召见，但他一直没有什么通知来。我们揣想，丞相是会单独接见你的，不会同周近司马和右贤王一道。侍琴姐刚才去是五官中郎将派人来叫她去的。我们揣想，可能就是商量你和丞相见面的事吧。

文　姬　我多么想早一刻见到他呀！他是我父亲的好朋友，但我只在十六岁时在洛阳见过他一次。我觉得他很洒脱。

侍　书　是的，曹丞相为人是蛮好的。别人都说他很厉害，其实他非常平易近人。对于我们也是非常宽大的。还有他的夫人也落落大方，那位卞氏夫人真是好，她从来没有骂过一次人，也从来没有发过一次脾气。

文　姬　我听说丞相和丞相夫人非常朴素，他们平常穿的都是粗布衣服，是真的吗？

侍　书　真的，丞相的衣裳和被条都是布制的，总要用上十年，每每缝了又缝，补了又补。

文　姬　我又听说有一位公子的夫人穿了丝织的衣裳，被丞相发觉了，说她违背家规，遣回家去叫她自杀了，是真的吗？

侍　书　那是言过其实。事实是四公子（曹植）的夫人受了申斥，想不开，自己跑回家去自杀了的。

文　姬　啊，那我怎么办呢？丞相送给我的衣服都是新的，而且是丝织的。

侍　书　你才回来，情形不同。丞相在正式场合，他也还是很讲究礼貌的啦。夫人，请你梳妆吧！

文　姬　（起身就镜台而坐）是的，我是要好好地梳妆打扮一下。

侍书为文姬梳头。

侍琴仓皇奔入。

侍　琴　（喘息）文姬夫人！出了意外的事啦！

文　姬　（回顾）侍琴，什么事？

侍书亦诧异，伫立回顾，执梳在手。

侍　琴　（喘息稍定）天刚亮的时候，五官中郎将打发人来找我去，我去了。他告诉我，丞相昨天晚上已经下了一道饬令，专人兼程送往华阴，着董都尉服罪自裁！

文　姬　（大吃一惊）你说什么？！

侍书也非常惊讶。文姬步下亭来，侍书随后。

侍　琴　着屯田都尉董祀，在华阴服罪自裁！

文　姬　他犯了什么罪？

侍　琴　五官中郎将说，饬令上写的罪名是“暗通关节，行为不端”。

文　姬　哎呀呀，董都尉会是这样的人吗？这是从何说起呢？

侍　书　我不能相信。

侍　琴　五官中郎将没有和我多说什么。他只是说，事情和文姬夫人有关。

文　姬　（诧异）和我有关？

侍　琴　是呵，五官中郎将是那么说。他还说，他昨天夜里想了一下，有些怀疑。但他不好亲自来查问。他说，今天清早辰时正刻，丞相要接见右贤王去卑，他希望文姬夫人最好趁这个时候去求见丞相，当面把情形说清楚，他要从旁帮助。如果罪状有不确实的地方，据五官中郎将说，事情或许还来得及挽回。

文　姬　好，那就让我去吧。我不相信董都尉是那样的人，我应该去打救他。

侍　琴　我也不能相信。

侍　书　让我赶快替你把头挽好，穿好衣裳去吧。

文　姬　不，我就这样去。这是比救火还要急的事。事情既和我有关，那我也要算是有罪的人，我理应到丞相面前请求处分。你们愿意帮助我吗？

侍　书　愿意的。

侍　琴　如果有需要做证的地方，我们正好是有力的证人。

文　姬　谢谢你们，我们就立刻动身！

　　文姬挽着侍琴急忙动身，竟无暇着履，跣[①]足而驰。侍书亦扶持之，同下。

——**幕下**

---

① 跣　xiǎn，光着（脚）。

第三场

丞相府后园中的松涛馆，有苍松古柏甚为畅茂，花坛中芍药盛开。同日辰时。

曹操在馆中席地坐在正面，右贤王去卑与周近并坐在右翼，在曹操的左侧。曹丕坐在左翼，与周近相对。

曹　操　（对右贤王）谢谢你和呼厨泉单于，你们送了那么多礼物来。

去　卑　对中原来说，我们匈奴的骆驼恐怕比较稀奇一点，所以呼厨泉单于特别贡献二十头，以表示诚意。

曹　操　真真多谢你们。右贤王，我想请问你，左贤王和你是不是亲弟兄？

去　卑　不，他是我伯父的儿子。呼厨泉单于和我是亲弟兄。

曹　操　你们还和睦吗？

去　卑　（迟疑了一会儿）不那么太好。

曹　操　为什么呢？

去　卑　左贤王豪强得很，他一心想学我们的祖先冒顿（墨毒）单于，他自己也就取名为冒顿。我们照着汉字的音，背地里喊他是“矛盾”。

曹　操　唔，我也听人这样说过。

去　卑　他对于汉朝是不心服的！这一次送回蔡文姬夫人在他实在是万分勉强，他认为是把他的家庭破坏了。我们真怕他会闹出什么乱子呢！

曹　操　可他和董都尉很要好，不是吗？

去　卑　是的，那倒是件稀奇的事。起初倒也并不那么好，在我们临走的那一天，他请董都尉去和蔡文姬见面，不到几刻工夫，不知道怎的，他们竟成为“生死之交”，相互以刀剑相赠了。

曹　操　唔，董都尉在途中对于你们的态度还好吗？

去　卑　人倒是蛮和气的，就只是文姬夫人沿途总是在夜里弹琴唱歌，董都尉有时在深更半夜里陪着她，弄得我们好些人都睡不好觉。

此时侍者由左翼隅上场，向曹操跪禀。

侍　者　禀报丞相，蔡文姬夫人来了，恳求拜见丞相。

曹　操　（迟疑）她来了？请夫人接见她吧。

曹　丕　（插话）父亲，好不就请文姬夫人到这儿来，当着周司马的面，把她和董祀的情形再弄清楚一下？

曹　操　（略加思索后）也好。（向侍者）你去请她进来。

侍者下。

去　卑　（向曹操行礼）耽误丞相的时间太久，我告辞了。

曹　操　好，我们以后还会见面的，希望你多住几天。（向曹丕）子桓，你陪送右贤王出园。你关照他们，要以藩王礼接待右贤王，不得怠慢。

曹　丕　是。（领右贤王下场。不一会儿，复入场，归还原位）

曹　操　（向周近）周司马，你可以多留一会儿。把这闷葫芦打开，也可以使文姬心服，使董祀死而无憾。

周　近　（鞠躬）这是小官的万幸。

> 右贤王去卑的一番描述，暗示左贤王与董祀来往过密，暗通款曲。曹操也不由得确信董祀有罪，并怀疑左贤王的野心。蔡文姬搭救董祀的难度也随之增大了。

侍琴和侍书扶文姬入场，立在阶下。文姬披发跣足，憔悴不堪；曹操见之，不胜诧异。

文姬立阶下向曹操敬礼。

> 蔡文姬舍下了一对儿女，奉命归汉。她此时又为何前来向曹操请罪？

文　姬　蔡文姬拜见丞相，我感谢丞相把我赎回来了。可我今天来，是来向丞相请罪的。我是有罪之人，不敢整饰仪容，特来请求处分。

曹　操　我不曾说你有罪呵，文姬？

文　姬　丞相，我听说你已经饬令屯田都尉董祀在华阴服罪自裁，罪名是“暗通关节，行为不端”，而且和我有关。既是董祀之罪当死，那么文姬之罪也就不容宽恕。因此，我不召而来，请求处分。但请丞相把罪情明白宣布，文姬不辞一死，死了也会感恩怀德的。

曹　操　（考虑了一下）好，把事情说清楚也有好处的。我先说明董祀的“行为不端”。我听说董祀在归途中，对于夫人缺乏尊重，不能以礼自守。他同夫人每每深夜相会，弹琴唱歌，致使同行的人不能安眠。这是真的吗？

文　姬　丞相，在这之外，还有什么其他不端的行为？

曹　操　这已经足以构成死罪了，你请先说，这总不是冤枉他吧？

文　姬　丞相，如果没有其他的罪行，那“行为不端”的罪名实在是冤枉呵！

曹　操　怎么？你如果能够解释，就请你解释吧。

文　姬　（一面陈述，一面做适当的行动）沿途我在夜里爱弹琴唱歌，这是我的不是。我这次回来留下了我的一双幼儿幼女，这悲哀总使我不能忘怀。我在到长安以前，日日夜夜都是沉沦在悲哀里面。我寝不安席，食不甘味，在夜里就只好弹琴唱歌，以排解自己的悲哀。我弹的不是靡靡之音，我唱的也不是桑间濮上①之辞，我所弹的唱的就是我自己作的《胡笳十八拍》，是诉述自己的悲哀。这歌辞，我听说董都尉已经抄呈丞相，丞相可以复按。

曹　操　是的，你的《胡笳十八拍》，我已经拜读了。

“拜读”这一敬辞体现了曹操对蔡文姬的尊重。

文　姬　就因为我沉沦于自己的悲哀，董都尉倒经常对我劝告。我不否认，他对我有深切的关怀；丞相知道，我们是亲戚，从幼小时就是一道长大。我们是同学同乡，如姐如弟。但我们是相互尊重的，并不曾“不能以礼自守”。我们在深夜相会就只有过一次。

曹　操　是那样的吗？

文　姬　那是到了长安，在我父亲的墓上。我夜不能寐，趁着深更夜静，大家都已经睡熟，我独自一人到父亲墓上哭诉。一时晕厥，被侍书、侍琴救醒过来。我因为在天幕里感觉气闷，便留在墓亭上弹琴，也唱出了一两拍《胡笳诗》。现在想起来，我实在太

① 桑间濮上　指男女幽会。濮，pú。

不应该。我以为夜静更深，别人都熟睡了，不会惊醒。这都是由于我只沉沦于自己的悲哀，没有余暇顾及别人。我真是万分有罪。然而在深夜里弹唱毕竟扰了别人的安眠。董都尉那时也被我扰醒，他走到墓亭下徘徊，最后给予我以深切的劝告。他的话太感动人了，使我深铭五内。他责备我太只顾自己，不顾他人。他教我，应该效法曹丞相，“以天下之忧为忧，以天下之乐为乐”。像我这样的沉溺在儿女私情里面，毁灭自己，实在辜负了曹丞相对我的期待。他的话太感动人了，可惜我不能够照样说出。董都尉说的那番话，侍书、侍琴都是在场倾听的，我可以质诸天地鬼神，我没有丝毫的粉饰。

蔡文姬客观、真实、有条理的陈述能否让多疑的曹操信服？

曹　操　（有些憬悟）原来是那样的！侍书，侍琴，你们是在场吗？

侍　书　是的。

侍　琴　自从文姬夫人离开匈奴龙城，我们是朝夕共处的。

曹　操　那你们就是很好的证人了。董都尉的话，你们都记得？

侍　琴　和文姬夫人所说的差不离。

侍　书　只有遗漏，没有增添。我记得，董都尉说过，如今黎民百姓安居乐业，已和十二年前完全改变面貌了。这是天大的喜事，他怪文姬夫人为什么不以天下的快乐为快乐。

曹　操　唔，董祀的话是有道理的。文姬夫人，你还有什么话说？

文　姬　自从董都尉劝告了我，我的心胸开朗了。我曾经向他发誓：我要控制我自己，要乐以天下，忧以天下。自从离开长安以来，我就不曾在夜里弹琴唱歌了。我觉也能睡，饭也能吃了。我完全变成了一个新人。但是，我万没有想到，毕竟由于我而致董都尉陷于死罪！这是使我万分不安的。

曹　操　（受感动，感到自己有些轻率，误信了片面之词，意态转和缓）文姬夫人，这一层，看来是把董祀冤枉了。但我听说左贤王是有野心的人，他想恢复冒顿（墨毒）单于的雄图，自名“冒顿”，他也轻视本朝。这些可是事实吗？

曹操疑虑不断，向蔡文姬抛出一个个尖锐的问题，蔡文姬不慌不忙，从容应答，在一问一答中将戏剧情节推向高潮。

文　姬　（点头）是事实，全是事实。

曹　操　他不肯放你回来，更不肯放你的儿女回来，做了种种的刁难，对于我派遣去的使臣也加以监视，这些可也是事实吗？

文　姬　（点头）是事实，全是事实。

曹　操　那就好了。人各爱其妻子、儿女，这在左贤王，我倒认为是不足奇怪的。但奇怪的是屯田都尉董祀啦。听说在你临走的一天，他被左贤王引去和你见面。他们两人便立地成了“生死之交”。左贤王赠刀于董祀，董祀把我给他的玉具剑和朝廷的命服也都赠给了左贤王。这样的奇迹又该怎样解释呢？

文　姬　这些是不就是构成“暗通关节”的罪状的

原因？

曹　操　是呵，恐怕只好做这样解释吧？

文　姬　丞相，如果只是这样，那又是冤枉了好人了！

曹　操　怎么说？文姬！你不好一味袒护。

文　姬　我决不袒护谁，丞相，请允许我慢慢地说吧。（停一会儿）左贤王是一位倔强的人，我和他做夫妻十二年都没有能够改变他的性格，我很惭愧。但他是一位直心直肠的人，我也能够体谅他。他是不肯放我回来的，但他终于让我回来了。他要我回来遵照丞相的意愿，帮助撰修《续汉书》。他说这比我留在匈奴更有意义。左贤王的改变，这倒要感谢董都尉的一番开诚布公的谈话啦。（略停，调整思索）

曹　操　文姬夫人，我们迎接你回家的用意，正是你所说的那样，大家都期待着你能够回来，帮助撰修《续汉书》。你知道，这是你父亲伯喈先生的遗业呵。就和前朝的班昭继承了他父亲班彪的遗业，帮助了她的哥哥班固撰修了《前汉书》一样，你也应该继承你父亲的遗业，帮助撰修《续汉书》。这件事，我们改天再从长商议。现在我看你是太疲劳了，你请休息一下吧。（向侍书与侍琴）你们把文姬夫人引下去替她穿戴好了，再服侍上来。

文　姬　感谢丞相的关切。

侍书与侍琴扶文姬下。

曹操离座步下馆阶，曹丕与周近随下。

曹操在园中徘徊，有所思索。

曹　操　（止步，向周近）周司马，看来事情是有些错综啦。

周　近　（惶恐地）我可终不能了解，董都尉和左贤王何以会立地成了“生死之交”。要说是奇迹，实在也是一个奇迹。

曹　操　（向曹丕）我现在感觉着我们有点轻率了。昨天晚上我们如果把侍琴和侍书调来查问下，不是也可以弄清些眉目吗？

曹　丕　是呵，我在今天清早才想到。我曾经调侍琴来询问过一下，但因时间仓促，我没有问个仔细。我也认为，她们或许不知道。

曹　操　古人说“兼听则明，偏听则暗”，看来是一点也不错的。我们这回可算得到了一次教训了！

侍琴与侍书扶文姬登场，衣履整饬。发已成髻着冠。文姬向曹操、曹丕、周近等分别敬礼。

曹　操　文姬，请你坐下讲吧。（指示一株大树下的天然石）你已经站了好半天啦。

侍琴与侍书扶文姬坐于石上。

文　姬　谢谢丞相的关切。请让我继续讲下去吧。我得承认，在我临走的一天，到底是走还是不走，我都还没有决定的。让左贤王引董都尉来和我见面，的确是出于我的请求。我最初也不知道他就是陈留董祀，我只听说是“东师都尉”啦，见了面，我才知道是他。（向周近）周司马，你是不是向左贤王说过：如果不让我回来，曹丞相的大兵一到就要把匈奴荡平？

周　近　（有些不安，勉强地）是，我是曾经说过。

文　姬　你这话，很刺伤了左贤王，也几乎使我改变了回来的念头。左贤王误认为你们都是带兵的人，你们一位是都尉，一位是司马啦。他认为你们一定有大兵随后。在我也认为如果真是这样，那就是师出无名，我也宁肯死在匈奴。因此，我让左贤王把董都尉请来，由我当面问他。我是叫左贤王潜伏着偷听，让我单独和董都尉见面，诱导他说出实话。董都尉是带着侍书和侍琴一同来的。我要感谢丞相，给了我一具焦尾琴和几套衣冠，还派遣贴亲的人侍书和侍琴来陪伴。那时董都尉对我所说的一番话，侍书和侍琴也是在场的。

曹　操　（向侍琴和侍书）你们都听到吗？那好，文姬夫人，请你休息一下，你让侍琴讲吧！侍琴，你讲！董都尉到底说了些什么？

侍　琴　董都尉人很诚恳，他首先交了丞相带去的礼品，接着他便宣扬了丞相的功德，宣扬了丞相的文治武功。他说，他自己只是屯田都尉，周司马也只是屯田司马，并没有大兵随后。他说，丞相是爱兵如子，视民如伤的。丞相用兵作战是为了平定中原，消弭外患。他说，丞相善用兵，但决不轻易用兵。正因为这样，才成为"王者之师，天下无敌"。他也体谅了左贤王，说他不肯放走儿女是人情之常。他要文姬夫人体贴丞相的大德，丞相所期待的是四海一家。他劝文姬夫人以国事为重，把天下人的儿女作为自己的儿女。他所说的还多，可惜我记不全了。

曹　操　（向文姬）文姬夫人，侍琴说的没有错吗？

文　姬　她说得很扼要。我要坦白地承认呵，董都尉的话感动了我，但更有力的是感动了在旁偷听着的左贤王。左贤王突然露面，向董都尉行了大礼，十分感动地把自己的佩刀献给董都尉，还对董都尉发誓："从今以后决心与汉朝和好！"

曹　操　（深受感动）看来左贤王倒是一位杰出的人物啦。侍琴，侍书，这话你们也确是听到的？

侍　书
侍　琴　（同时）他确是那样发誓的。

文　姬　就在这样的情况下，董都尉也感激地把自己所佩的玉具剑解赠给左贤王，他也声明这是曹丞相赏赐给他的，在他是比自己的生命还要宝贵的物品。

曹　操　（已恍然大悟）呵，是那样的！

文　姬　再说到赠送衣服的事吧。那是匈奴人的习惯，对于心爱的朋友，要赠送本民族的服装。左贤王照着这种民族习惯又赠送了董都尉一套匈奴服装，而且让他穿戴上了。董都尉也是出于一时的感激，他就把他身上脱下的衣服冠带也留给左贤王，但却没有想到这是以朝廷的命服轻易赠予外人。实在也要怪我，当时我也没有注意到，没有从旁劝止他。……

在文姬陈述中，在场者表情上须有不同的反应。曹操须表示感动而憬悟，时作考虑之状。周近渐由疑虑而惶恐，以致失望。曹丕则处之以镇静，不动声色。侍书、侍琴应时时相视，表示对文姬的关心、对周近的怀疑，她们已觉悟到事情是出于周近的中伤离间。

曹　操　（不等文姬再说下去，便插断她的话头）文姬夫人，这一切我都明白了，谢谢你。你今天来得真好，我是轻信了片面之词，几乎错杀无辜。（向曹丕）子桓，你取出铅椠来，为我记下一道饬令。

曹　丕　（取出铅椠）请父亲口授吧。

曹　操　“华阴令即转屯田都尉董祀：汝出使南匈奴，宣扬朝廷德惠，迎回蔡琰，招徕远人，克奏肤功，着晋职为长安典农中郎将。伤愈，即行前往视事。毋怠！建安十三年四月二十一日。”

曹丕书毕，晋呈曹操签署。

曹　操　（向曹丕）你赶快派人选乘骏马，星夜兼程前往华阴投递，务将前令追回缴销。不得有误。（向周近）周近！你知罪吗？

周　近　（叩头）小官万分惶恐，死罪死罪。

曹　操　本朝和南匈奴和好，得来不易，险些被葬送在你的手里。

文　姬　丞相，周近司马看来也未必出于有心，他是错在片面推测。好在真相已经大白，请丞相从宽发落吧。

曹　操　好，我也太不周到。既然文姬讲情，子桓，你把周近带下去，从宽议处。

周　近　（再叩头谢恩）感谢丞相的大恩大德！（回头又向文姬敬礼）感谢文姬夫人。

文姬答礼无言，周近随曹丕下。

曹　操　（十分和蔼地向文姬）文姬，真是辛苦了。让我亲自引你去见见我的夫人，她是很惦念你的。

文　姬　谢谢丞相。还有一件事要禀白丞相。

曹　操　什么事？

文　姬　侍琴和侍书服侍我将近两个月，我感谢她们，我也感谢丞相。现在我的生活自己可以照管了，请丞相允许她们立即回丞相府服务。

曹　操　啊，这是小事情。你也不能没有人照拂啦，我看就把侍琴留在你身边，让侍书回来好了。我们进后堂去吧，慢慢商量，慢慢商量。

曹操先行，二婢扶蔡文姬随下。

——幕徐闭

成长启示

曹操和夫人卞氏非常节俭，一条被面用了十年，缝缝补补，已经打了好几个大补丁，也舍不得换新的。他平时也不喜欢用华丽的用具，提倡勤俭节约，并能身体力行。古人云“一粥一饭，当思来处不易；半丝半缕，恒念物力维艰”，勤俭节约是中华民族的传统美德。小到个人、家庭，大到国家，若想长远发展，都需要践行勤俭节约。我们要从自身做起，从身边的小事做起，养成勤俭节约的好习惯，并尽我们所能带动身边的人一起厉行节俭。相信在我们的努力下，我们的社会一定能形成勤俭节约的好风气。

要点思考

1. 如何评价周近这一人物形象？结合事例说说你的看法。
2. “兼听则明，偏听则暗”是什么意思？这句话对你有什么启发？

转眼间，蔡文姬归汉已八年，此时曹操也成了魏王。蔡文姬在松涛馆作诗歌颂曹操的丰功伟绩，卞后听闻，下令将诗歌拿到铜雀台排演。卞后还告诉蔡文姬，南匈奴呼厨泉单于前来朝贺魏王，并且给蔡文姬带了礼品。呼厨泉单于带来的礼品是什么呢？

第五幕

魏王府中的松涛馆（同第四幕第三场）。八年后，建安二十一年（公元216年）的秋天，近午时分。桂花、菊花等正开，晴光满园。是年曹操封为魏王，呼厨泉单于来朝贺，曹操留置于邺，遣右贤王去卑回匈奴，分其众为五部，各立其贵人为帅，选汉人为司马以监督之。松涛馆此时已成为蔡文姬的住处。馆中布置有所改变，图书甚多，牙签满架。壁间适当处悬有蔡邕画像及焦尾琴等，有各项盆栽古玩。

侍琴在室中拂拭，摘来菊桂插换馆中瓶花。蔡文姬席地而坐，就案写作。俄而吟哦出声。

文　姬　（吟哦）

妙龄出塞呵泪湿鞍马，
十有二载呵毡幕风砂。
巍巍宰辅呵吐哺握发，
金璧赎我呵重睹芳华。
抛儿别女呵声咽胡笳，

所幸今日呵遐迩[1]一家。
春兰秋菊呵竞放奇葩，
熏风永驻呵吹绿天涯！

卞后步入园中，侍书随后。

先为侍琴所发现，即呼唤文姬留意。

侍　琴　文姬夫人，王后看你来了。

文　姬　（离席，下阶相迎）恭候婶母午安！

卞　后　（答礼）呵，文姬夫人，你又在作诗了？

侍书向文姬敬礼后，步上馆阶，帮侍琴收拾。

文　姬　我很想重新写一首《胡笳十八拍》来歌颂丞相的丰功伟绩，但是作不好啦。

卞　后　你刚才念的一首不就很好吗？（向侍琴）侍琴！你把文姬夫人那首诗，给我拿来看看。

侍　琴　（应声）我就拿来了。（从书案上将诗稿连谱取来，下阶，递与卞后）

卞　后　（接看）哦，你连谱都制好了！

侍　琴　文姬夫人她作诗，总是连谱一道制的。

卞　后　多才多艺的人就有这些好处。（读诗）这就好了。侍琴，你赶快叫人拿到铜雀台去，叫歌伎们赶快练习，说不定魏王回头就要用它啦。

侍琴接稿将下。

文　姬　那才只有一首呢。

卞　后　一首也好，何必要作十八首呢？侍琴，你赶快拿去！

侍琴下。

文　姬　请到馆里去坐吧？婶母娘。

---

① 遐迩　xiá'ěr，远近。

卞　后　不必了，我们就在这园子里，一面走一面谈，不多好？这样秋高气爽的天气呀！

文　姬　真的，到了秋天，一切的东西都像含在水晶和玉石里一样，但在清凉之中又有一片温暖的感觉。

卞　后　我很喜欢秋天，看来你也喜欢啦。

文　姬　秋天是收获的季节，我看老百姓们都是喜欢的。

卞　后　年成不好的时候，那就不同了。

文　姬　好在这些年，年年都有好收成。真真是人寿年丰，喜事重重。

卞　后　是的，你也有很大的收成，我祝贺你。我听说，你把你父亲的遗著四百多篇，全靠记忆，已经记录出来了。你在《续汉书》的撰述上提供了很多宝贵的材料。你真是了不起呵！

文　姬　那全要感谢丞相的鼓励。

卞　后　我正要告诉你一件大喜事呢。南匈奴呼厨泉单于亲自来朝贺魏王，昨天已经到了。

文　姬　已经到了吗？真是一件大喜事呵！

卞　后　今天上午魏王接见他们，我还听说董祀也一同来了呢。

文　姬　（更有喜色）董祀也来了吗？

卞　后　他是从长安回来述职，陪伴着呼厨泉单于一道来的。你们怕已经七八年不见面了吧？

文　姬　是啦，我从南匈奴回来已经整整八年了。

侍琴入场，走向卞后和文姬。

侍　琴　事情真凑巧，我出去就碰着铜雀台的乐师。把歌辞和谱交给她，她说好得很，她们立地就练习。据说，歌辞不长，有了谱很快就可以演奏的。

卞　后　那就好了。你去做你的事吧，不要管我们。

侍琴应命走上松涛馆，见侍书已代为打抹停当，二人携手走入内室。

卞　后　昨晚丞相告诉我，董祀的脚已经完全好了，并没有成为残废啦。丞相还告诉我，今天接见了呼厨泉单于之后，他还要亲自给你带很好的礼品来。我问他是什么礼品，他说“到明天就知道了”，他不肯告诉我呵。

文　姬　多谢丞相那样关心。不知道有没有关于我的儿女们的消息啦？

卞　后　你又在思念你的儿女啦？

文　姬　是的，我离开他们八年了。三年前，左贤王打退了鲜卑人的侵犯，但他自己也身受重伤，医治无效。听到这个消息时，我很难过了好一阵，现在总算平静下来了。以后又传来一些消息，有时说女儿死了，有时又说儿子死了，都不知道可靠不可靠。我不愿意去想啦。

卞　后　这一次我看就可以问清楚了，你不必担心吧。

文　姬　这一次董祀和他们一道来，我看他一定会替我打听清楚的。不过，我实在也有点担心，万一他们都死了，我这已经平定了八年的心境，恐怕又要卷起波澜来了。

卞　后　你想开些吧。这些年辰倒好了，前十几二十年，你想，不是整村整落的人都死净灭绝了吗？有的几万户的郡县，剩下来只有几百户。丞相的诗“白骨露于野，千里无鸡鸣”，你是熟悉的了。

文　姬　（点头）我很挂念着赵四娘。关于她的消息，却什么也没有。

卞　后　“吉人天佑”，像赵四娘那样的好人总会有好处的。好在这一次就可以问明白了。我昨晚还同丞相说，要他让董祀和你见见面，他说那是当然的。你们大概很快就可以见面了。

文　姬　谢谢你！婶母娘！

此时侍琴和侍书自内室中捧围棋棋具出，安置在馆的回廊上的一隅。

侍　琴　文姬夫人！你好不好同王后一道来下下围棋？

文　姬　婶母娘，你怎么样？

卞　后　好吧，我陪你下。我是下不赢你的，你要让我七个子才行。

文姬与卞后步上馆阶，坐在回廊上对坐下棋。

侍书与侍琴二人跪坐在旁边观局。

有顷，曹操服王服，携胡儿、胡女入场。其次为五官中郎将曹丕与长安典农中郎将董祀。胡儿此时年十六岁，胡女九岁。可适当配备一些侍从。

曹　操　（在馆上诸人不注意中，远远呼出）文姬夫人，你意想不到的礼品我给你带来了！

馆上人闻呼，仰视。文姬与卞后即离局下阶迎接。侍琴与侍书收拾棋具及书案等入内室，抱出坐垫，在馆中敷陈席位。正中四席，左右各二席。

曹　操　（向伊屠知牙师兄妹）快去见你们母亲！

伊屠知牙师兄妹越次向文姬跑去，在文姬前行屈膝半跪礼，昂首仰望其母。

胡　儿　母亲，儿伊屠知牙师回来了！

胡　女　妈，女儿昭姬小妹回来了！

文　姬　（开始有些诧异，继而眼泪涌出）呵，伊屠知牙师呀！昭姬小妹！（前进抚抱儿女）

母子均喜极而流泪。余人见此情景，深受感动。

文　姬　（渐就平定，挽起其子女，引向卞后）这是王后，你们应该喊婆婆。

胡　女
胡　儿　（向卞后行屈膝半跪礼）婆婆万福。

卞　后　（答礼扶起）哦，这真是再宝贵也没有的礼品了！伊屠知牙师，你长的这样魁梧！多大年纪了？

胡　儿　十六岁。

卞　后　（向胡女）昭姬小妹，你呢？

胡　女　婆婆，我九岁。

卞　后　真是一对珊瑚树啦。（回向文姬）文姬，你可高兴了！

文　姬　感谢魏王和王后。（此时始向曹操及余人分别敬礼）

曹　操　我们都到松林里去走走吧。

文　姬　待我来引路。

曹　操　（制止之）不，你们母子留在这儿，可以多谈一会儿。（向董祀）董中郎，你也陪着谈谈。（忽有所悟）好，你来见见我的夫人。（向卞后介绍）这就是长安典农中郎将董祀。

董　祀　（向卞后敬礼）董祀恭候王后万福！

卞　后　（答礼）辛苦了。你就请留下吧，改天我们再请你谈谈长安的风土民情。

董　祀　是，遵命。

文姬、胡儿、胡女、董祀在园中留下，余人徐步转入馆后松林中。

文　姬　（向董祀）公胤，你的脚完全好了吗？

董　祀　完全好了。大姐，我感谢你，是你救了我的性命。我这一次回到邺下来才知道。

文　姬　呵，那你应该感谢曹丞相。

董　祀　当然应该感谢。大姐，你知道吗？伊屠知牙师和昭姬小妹，他们兄妹俩，以后要留在邺下了。

文　姬　哦！不再回匈奴去了吗？

胡　儿　是的，刚才魏王和呼厨泉单于商量好了，单于和我们都留下来，让右贤王去卑回去。从今以后，匈奴和汉朝真正成为一家了。

文　姬　哦，那可高兴了。你们四姨婆呢？

胡　女　她在前年的夏天，得了伤寒症，死了。

文　姬　（惊愕）她死了？

胡　女　是的，她死了。前年夏天是我先得了伤寒症，四姨婆衣不解带地照拂我。我好了，四姨婆就病倒了。大家都说，是我的病传给了四姨婆，四姨婆是为我而死的。

胡　儿　四姨婆临死时对我说："妹妹还小，要好好照拂妹妹。要好好做人就像你爹爹左贤王那样。"她还说，她对不起妈妈，没有尽到责任。

文　姬　（淌下眼泪）四姨婆为你们真是献出了自己的性命，是我没有尽到责任。

胡　儿　（从怀中取出一面小圆铜镜）妈，这面铜镜是你留下的，我给你带回来了。

文　姬　哦，这是我留给你爹做纪念的。

胡　儿　爹爹在临危的时候告诉我们："长大了，一定到汉朝去，看妈妈。"他从怀中取出这面镜子，叫我们见了妈妈时，请你允许他转赠给董大叔。

文　姬　爹爹是那样吩咐的吗？你们就执行爹爹的遗嘱吧。

胡儿、胡女把铜镜献给董祀，董祀虔诚地接受。

胡　儿　妈妈，还有这把宝剑呢！（指示腰上所佩玉具剑）这是董大叔送给爹的，爹临危时给了我。

文　姬　你懂得你爹的意思吗？

胡　儿　我想来是：要我主持正义，诛除外寇，替爹爹报仇。

文　姬　你爹爹可以瞑目了。

此时曹操偕其余诸人自馆后绕出，文姬拭去眼泪，偕儿女与董祀迎接上去。

曹　操　（见文姬泪痕）文姬，你已经知道那些消息了吧？你又在哭啦。你不是说，你向董祀发过誓，你不再悲哀了，你要以天下人的快乐为快乐吗？

文　姬　丞相，我感谢你的教训。但我现在的哭也不纯全为的悲哀。赵四娘死了，她成了圣母。左贤王死了，他成了英雄。他们是永垂不朽的。

曹　操　好，好，你说得很好，很好！我们还活着的人总要做些无愧于圣母、无愧于英雄的事！好，我听说，你作了一首好诗啦。我已经打发人去叫铜雀台的歌伎队出场演唱，让我们欣赏欣赏。

文　姬　（向卞后）大婶，你把我那首诗告诉了丞相吗？

卞　后　我告诉了他。

文　姬　那还很粗糙的啦。

卞　后　不，我觉得很好。你看歌伎队都出场了，试唱一回，让大家斟酌斟酌也是好的。

歌伎队由回廊入场，转入松涛馆中，此时松涛馆成了临时舞台。侍琴与侍书将馆中坐垫收入，扛出一架悬鼓置于台前一隅，下阶，分侍卞后与文姬后。

歌伎队　（均由女子组成，各抱一大筝，如今朝鲜的伽牙琴。弹者座位与弹法可采用弹伽牙琴的方式；指挥者亦一女子，立悬鼓后，击鼓成拍，以代指挥；击鼓者、弹琴者均边奏边唱）

妙龄出塞呵泪湿鞍马，

十有二载呵毡幕风砂。

巍巍宰辅呵吐哺握发，

金璧赎我呵重睹芳华。

抛儿别女呵声咽胡笳，

所幸今日呵遐迩一家。

春兰秋菊呵竞放奇葩，

熏风永驻呵吹绿天涯！

曹操及众人可分成三组：曹操、胡儿为一组；曹丕、董祀为一组；卞后、文姬、胡女、侍琴与侍书为一组。各组中每人姿态，或坐或立，可适当布置。

歌唱一遍之后，各人鼓掌，继复弹唱一遍。

曹　操　歌辞是很好的，谱也很好；弹唱得也都很好。今晚在欢迎呼厨泉单于的宴会上可以作为一个节目演出。题目好不好定名为《重睹芳华》呢？文姬，你觉得怎样？

文　姬　题名很适当，请丞相决定好了。

曹　操　好，就那样定下来。不过，我还要出一个题目，叫作《生死鸳鸯》，文姬，要请你们表演呢！

文　姬　是怎样的内容？

曹　操　就是你们自己的本事。文姬，你陷没在匈奴，沉溺在悲哀里，是董祀把你救了。董祀受了误会，几乎冤枉被杀，是你把他救了。左贤王临死的时候，把董祀赠给他的玉具剑留给你的儿子；把你留给他的铜镜转送给董祀，这不是他有意撮合吗？（回向众人）啊，今天真是四喜临门呵。呼厨泉单于来朝，遐迩一体；《胡笳十八拍》之后《重睹芳华》；生死鸳鸯，镜剑配合；乾坤扭转，母子团圆。（向卞后）夫人呵，董公胤未有室家，蔡文姬已无悲愤，这是天作之合啦！让我们俩老夫老妻来替天行道吧！

曹操前往牵引董祀，卞后牵引文姬，引至舞台正中让他们相向握手。

胡儿、胡女上前，面对观众，做屈膝半跪礼。

胡　儿（扬举右掌，亢声高呼）

祝天下父母永远康乐！

祝四海苍生永远安宁！

祝魏王与王妃千秋万岁，万岁千秋！

全场同声呼和。唯最后一声，曹操与卞后均未作声；曹操则高拱两手，回向全场敬礼；卞后则俯首敛衽，表示十分谦和。

——幕闭·全剧终

1959年2月9日脱稿于广州

1959年5月1日定稿于北京

《女神》是中国新诗史上第一部成熟的新诗集，也是中国现代文学史上具有突出成就和重大影响的新诗集。这部诗集中收录的诗歌反映了诗人高度的爱国激情与反传统的时代精神。在艺术手法上，诗人借鉴了惠特曼的诗歌艺术，诗作气势磅礴，表达了诗人对反抗、叛逆与创造精神的歌颂，吹响了向旧世界进军的号角！

女神（节选）

序　诗

我是个无产阶级者：
因为我除个赤条条的我外，
什么私有财产也没有。
《女神》是我自己产生出来的，
或许可以说是我的私有，
但是，我愿意成个共产主义者，
所以我把她公开了。

《女神》哟！
你去，去寻那与我的振动数相同的人；
你去，去寻那与我的燃烧点相等的人。
你去，去在我可爱的青年的兄弟姊妹胸中，
把他们的心弦拨动，
把他们的智光点燃吧！

1921年5月26日

女神之再生

Alles Vergaengliche	一切无常者
ist nur ein Gleichnis;	只是一虚影；
das Unzulaengliche,	不可企及者
hier wird's Ereignis;	在此事已成；
das Unbeschreibliche,	不可名状者
hier ist's getan;	在此已实有；
das Ewigweibliche	永恒之女性
zieht uns hinan.	领导我们走。[1]
——Goethe	——歌德

序幕：

不周山[2]中断处。巉岩[3]壁立，左右两相对峙，俨如巫峡两岸，形成天然门阙。阙后现出一片海水，浩淼无际，与天相接。阙前为平地，其上碧草芊绵，上多坠果。阙之两旁石壁上有无数龛[4]穴。龛中各有裸体女像一尊，手中各持种种乐器作吹奏势。

山上奇木葱茏，叶如枣，花色金黄，萼如玛瑙，花大如木莲，有硕果形如桃而大。山顶白云叆叇[5]，与天色相含混。

上古时代。共工与颛顼[6]争帝之一日，晦冥。

---

① 德国诗人歌德（1749—1832）的长篇诗剧《浮士德》结尾的诗句。

② 不周山　古代神话传说中的山名。《山海经·大荒西经》："西北海之外，大荒之隅，有山而不合，名曰不周。"

③ 巉岩　高峻的山石。巉，chán。

④ 龛　kān，供奉神佛的小阁子。

⑤ 叆叇　àidài，形容浓云蔽日。

⑥ 颛顼　Zhuānxū，传说中的上古帝王名。

开幕后沉默数分钟，远远有喧嚷之声起。

女神各置乐器，徐徐自壁龛走下，徐徐向四方瞻望。

女神之一

自从炼就五色彩石
曾把天孔补全，
把黑暗驱逐了一半
向那天球外边；
在这优美的世界当中，
吹奏起无声的音乐雍融。
不知道月儿圆了多少回，
照着这生命底[1]音波吹送。

女神之二

可是，我们今天的音调，
为什么总是不能和谐？
怕在这宇宙之中，
有什么浩劫要再！——
听呀！那喧嚷着的声音，
愈见高，愈见逼近！
那是海中的涛声？空中的风声？
可还是——罪恶底交鸣？

女神之三

刚才不是有武夫蛮伯之群
打从这不周山下经过？
说是要去争做什么元首……
哦，闹得真是过火！
姊妹们呀，我们该做什么？

---

①底　de，旧同“的”。后面出现的“底”也有相同用法。

我们这五色天球看看要被震破！
倦了的太阳只在空中睡眠，
全也不吐放些儿炽烈的光波。

女神之一

我要去创造些新的光明，
不能再在这壁龛之中做神。

女神之二

我要去创造些新的温热，
好同你新造的光明相结。

女神之三

姊妹们，新造的葡萄酒浆
不能盛在那旧了的皮囊。
为容受你们的新热、新光，
我要去创造个新鲜的太阳！

其他全体

我们要去创造个新鲜的太阳，
不能再在这壁龛之中做甚神像！

全体向山阙后海中消逝。

山后争帝之声。

颛　顼　我本是奉天承命的人，
上天特命我来统治天下，
共工，别教死神来支配你们，
快让我做定元首了吧！

共　工　我不知道夸说什么上天下地，
我是随着我的本心想做皇帝。
若有死神时，我便是死神，
老颛，你是否还想保存你的老命？

颛　顼　古人说：天无二日，民无二王。

你为什么定要和我对抗？

共　工　古人说：民无二王，天无二日。

你为什么定要和我争执？

颛　顼　啊，你才是个呀——山中的返响！

共　工　总之我要满足我的冲动为帝为王！

颛　顼　你到底为什么定要为帝为王？

共　工　你去问那太阳：为什么要亮？

颛　顼　那么，你只好和我较个短长！

共　工　那么，你只好和我较个长短！

群众大呼声

战！战！战！

喧呼杀伐声，武器斫击声，血喷声，倒声，步武杂沓声起。

农叟一人

（荷耕具穿场而过）

我心血都已熬干，
麦田中又见有人宣战。
黄河之水几时清？
人的生命几时完？

牧童一人

（牵羊群穿场而过）

啊，我不该喂了两条斗狗，
时常只解争吃馒头；
馒头尽了吃羊头，
我只好牵着羊儿逃走。

野人之群

（执武器从反对方面穿场而过）

得寻欢时且寻欢，

我们要往山后去参战。
毛头随着风头倒，
两头利禄好均沾！

山后闻“颛顼万岁！皇帝万岁”之声，步武杂沓声，追呼声：“叛逆徒！你们想往哪儿逃走？天诛便要到了！”

共　工　（率其党徒自山阙奔出，断发文身，以蕉叶蔽下体，体中随处受伤，所执铜刀石器亦各鲜血淋漓）
啊啊！可恨呀，可恨！
可恨我一败涂地！
恨不得把那老狯[1]底头颅
切来做我饮器！（舔吸武器上血液，作异常愤怒之态）
这儿是北方的天柱，不周之山，
我的命根已同此山一样中断。
党徒们呀！我虽做不成元首，
我不肯和那老狯甘休！
你们平常仗我为生，
我如今要用你们的生命！

党徒们拾山下坠果而啖食。

共　工　啊啊，饿痨之神在我的肚中饥叫！
这不周山上的奇果，听说是食之不劳。
待到宇宙全体破坏时还有须臾，
你们尽不妨把你们的皮囊装饱。

追呼之声愈迫。

共　工　敌人底呼声如像海里的怒涛，
只不过逼着这破了的难船早倒！
党徒们呀，快把你们的头颅借给我来！

① 狯　kuài，狡猾。

快把这北方的天柱碰坏！碰坏！

群以头颅碰山麓[1]岩壁，雷鸣电火四起。少时发一大雷电，山体破裂，天盖倾倒，黑烟一样的物质四处喷涌，共工之徒倒死于山麓。

颛　顼　（裸身披发，状如猩猩，率其党徒执同样武器出场）

叛逆徒！你们想往那儿逃跑？

天诛快……呢呀！呢呀！怎么了？

天在飞砂走石，地在震摇，山在爆，

啊啊啊啊！浑沌！浑沌！怎么了？怎么了？……

雷电愈激愈烈，电火光中照见共工、颛顼及其党徒之尸骸狼藉地上。移时雷电渐渐弛缓，渐就止息。舞台全体尽为黑暗所支配。沉默五分钟。

水中游泳之声由远而近。

黑暗中女性之声

——雷霆住了声了！

——电火已经消灭了！

——光明同黑暗底战争已经罢了！

——倦了的太阳呢？

——被胁迫到天外去了！

——天体终竟破了吗？

——那被驱逐在天外的黑暗不是都已逃回了吗？

——破了的天体怎么处置呀？

——再去炼些五色彩石来补好他罢？

——那样五色的东西此后莫中用了！

我们尽他破坏不用再补他了！

待我们新造的太阳出来，

① 山麓　山脚。麓：lù。

要照彻天内的世界，天外的世界！
天球底界限已是莫中用了！
——新造的太阳不怕又要疲倦了吗？
——我们要时常创造新的光明、新的温热去供给她呀！

——哦，我们脚下到处都是男性的残骸呀！
——这又怎么处置呢？
——把他们抬到壁龛之中做起神像来吧！
——不错呀，教他们也奏起无声的音乐来吧！
——新造的太阳，姐姐，怎么还不出来？
——她太热烈了，怕她自行爆裂；
还在海水之中浴沐着在！
——哦，我们感受着新鲜的暖意了！
——我们的心脏，好像些鲜红的金鱼，
在水晶瓶里跳跃！
——我们什么都想拥抱呀！
——我们唱起歌来欢迎新造的太阳吧！

合唱： 太阳虽还在远方，
太阳虽还在远方，
海水中早听着晨钟在响：
叮当，叮当，叮当。

万千金箭射天狼，
天狼已在暗悲伤，
海水中早听着葬钟在响：
叮当，叮当，叮当。

我们欲饮葡萄觞，

愿祝新阳寿无疆，
海水中早听着酒钟在响：
叮当，叮当，叮当。

（此时舞台突然光明，只现一张白幕。舞台监督登场）

舞台监督

（向听众一鞠躬）诸君！你们在乌烟瘴气的黑暗世界当中怕已经坐倦了吧！怕在渴慕着光明了吧！作这幕诗剧的诗人作到这儿便停了笔，他真正逃往海外去造新的光明和新的热力去了。诸君，你们要望新生的太阳出现吗？还是请去自行创造来！我们待太阳出现时再会！

〔附白〕此剧取材于下引各文中：

天地亦物也，物有不足，故昔者女娲氏炼五色石以补其缺，断鳌之足以立四极。其后共工氏与颛顼争为帝，怒而触不周之山。折天柱，绝地维。故天倾西北，日月星辰就焉；地不满东南，故百川水潦归焉。（《列子·汤问篇》）

女娲氏古之神圣女，化万物者也。——始制笙簧。（《说文》）

不周之山北望诸毗之山，临彼岳崇之山，东望泑泽（别名蒲昌海），河水所潜也；其源浑浑泡泡。爰有嘉果，其实如桃，其叶如枣，黄华而赤柎[①]，食之不劳。（《山海经·西次三经》）

本篇最初发表于1921年2月25日出版的上海《民铎》杂志第二卷第五号。

① 柎　fū，花萼。

湘　累[1]

女须之婵媛兮，
申申其詈[2]予。
曰，鲧婞直以亡身兮，
终然殀乎羽之野。
汝何博謇而好修兮，
纷独有此姱节？
薋菉葹以盈室兮，
判独离而不服！

——《离骚》

序　幕：

洞庭湖。早秋，黄昏时分。

君山[3]前横，上多竹林芦蔹。有银杏数株，参差天际。时有落叶三五，戏舞空中如金色蛱蝶。

妙龄女子二人，裸体，散发，并坐岸边岩石上，互相偎倚。一吹“参差”（洞箫），一唱歌。

女　子　（歌）泪珠儿要流尽了，
爱人呀，
还不回来呀？
我们从春望到秋，
从秋望到夏，

① 湘累　指屈原。古时不因判罪而死被称为“累”，因此屈原怀石自沉汨罗江（湘江支流）被称为湘累。

② 詈　lì，骂。

③ 君山　亦称“湘山”“洞庭山”。在湖南省岳阳市西南洞庭湖中。

望到水枯石烂了！
爱人呀，
回不回来呀？
棹舟之声闻，二女跳入湖中，潜水而逝。

此时帆船一只，自左棹出。船头饰一龙首，帆白如雪。老翁一人，银发椎髻，白须髯，袒上身，在船之此侧往来撑篙，口中漫作欸乃[①]之声。

屈原立船头展望，以荷叶为冠，玄色绢衣，玉带，颈上挂一莲瓣花环，长垂至脐；颜色憔悴，形容枯槁。其姐女须扶持之。鬒发如云，簪以象揥。耳下垂碧玉之瑱。白衣碧裳，俨如朝鲜女人妆束。

屈　原　这儿是什么地方，这么浩淼迷茫地！前面的是什么歌声？可是谁在替我招魂吗？

女　须　嗳！你总是爱说这样疯癫识倒的话，你不知道你姐姐底心中是怎样痛苦！你的病，嗳！难道便莫有好的希望了吗？

老　翁　三闾大夫！这儿便是洞庭湖了。前面的便是君山。我们这儿洞庭湖里，每到晚来，时时有妖精出现，赤条条地一丝不挂，永远唱着同一的歌词，吹着同一的调子。她们倒吹得好，唱得好，她们一吹，四乡的人都要流起眼泪。她们唱倦了，吹倦了，便又跳下湖水里面去深深藏着。出现的时候，总是两个女身。四乡的人都说她们是女英与娥皇[②]，都来拜祷她们：祈祷恋爱成功的也有，祈祷生儿育

---

①欸乃　形容摇橹的声音。欸：ǎi。

②女英与娥皇　传说故事人物。相传是尧的两个女儿，同嫁于舜。后舜南巡死于苍梧，二妃追至，也死于江湘之间。一说即屈原《九歌》中的湘君和湘夫人。

女的也有；还有些痴情少年，为了她们跳水死的真是不少呢。

屈　原　哦，我知道了。我知道她们在望我，在望我回去。唉，我要回去！我的故乡在那儿呀？我知道你们望得我苦，我快要回来了。哦，我到底是什么人？三闾大夫吗？哦，我记起来了。我本是大舜皇帝呀！从前大洪水的时候，他的父亲①把水治坏了，累得多死了无数的无辜百姓，所以我才把他逐放了，把他杀了。但是我又举了他的儿子起来，我祈祷他能够掩盖他父亲底前愆。他倒果然能够，他辛勤了八年，果然把洪水治平了。天下的人都赞奖他的功劳，我也赞奖他的功劳，所以我才把帝位禅让给了他。啊，他却是为了什么？他，他为什么反转又把我逐放了呢？我曾杀过一个无辜的百姓吗？我有什么罪过？啊，我流落在这异乡，我真好苦呀！苦呀！……呢呀，我的姐姐！你又在哭些什么？

女　须　你总是爱说你那样疯癫识倒的话，你不知道你姐姐底心中是怎么地痛苦！

屈　原　姐姐，你却怪不得我，你只怪得我们所处的这个混浊的世界！我并不曾疯，他们偏要说我是疯子。他们见了凤凰要说是鸡，见了麒麟要说是驴马，我也把他们莫可奈何。他们见了圣人要说是疯子，我也把他们莫可奈何。他们既不是疯子，我又不是圣人，我也只好疯了，疯了，哈哈哈哈哈，疯了！疯了！（歌）

惟天地之无穷兮，
哀人生之长勤。
往者余弗及兮，

---

① 他的父亲　指鲧。传说中古代的部落首领。曾奉尧之命治理洪水，九年未获成功，被舜杀死在羽山。其子为禹，即下文“把洪水治平”者。

来者吾不闻。

吾将纠思心以为纕兮，

编愁苦以为膺，

折若木以蔽光兮，

随飘风之所仍！[1]

啊啊！我倦了，我厌了！这漫漫的长昼，从早起来，便把这混浊的世界开示给我，他们随处都叫我是疯子，疯子。他们要把我这美洁的莲佩扯去，要把我这高岌的危冠折毁，要投些粪土来攻击我。从早起来，我的脑袋便成了一个灶头；我的眼耳口鼻就好像一些烟筒的出口，都在冒起烟雾，飞起火星，我的耳孔里还烘烘地只听着火在叫；灶下挂着的一个土瓶——我的心脏——里面的血水沸腾着好像干了的一般，只迸得我的土瓶不住地跳跳跳。哦，太阳往哪儿去了？我好容易才盼到，我才望见他出山，我便盼不得他早早落土，盼不得我慈悲的黑夜早来把这浊世遮开，把这外来的光明和外来的口舌通统掩去。哦，来了，来了，慈悲的黑夜渐渐走来了。我看见她，她的头发就好像一天的乌云；她有时还戴着一头的珠玉，那却有些多事了；她的衣裳是黑绢做成的，和我的一样；她戴着一身不知名的无形的香花，把我的魂魄都香透了。她一来便紧紧地拥抱着我，我便到了一个绝妙的境地，哦，好寥廓的境地呀！（歌）

下峥嵘而无地兮，

上寥廓而无天。

视倏忽而无见兮，

① 诗歌前四句引自《楚辞·远游》；后四句除"吾将"二字外，引自《楚辞·九章·悲回风》。

听惝恍而无闻。
超无为以至清兮，
与泰初而为邻。[1]

嗳！这也不过是一个梦罢了！我周围的世界其实何曾改变过来！便到晚来，我睡在床席上又何尝能一刻安寝？我怕，我怕我睡了去又来些梦魔来苦我。他来诱我上天，登到半途，又把梯子给我抽了。他来诱我去结识些美人，可他时常使我失恋。我所以一刻也不敢闭眼，我翻来覆去，又感觉着无限的孤独之苦。我又盼不得早到天明，好破破我深心中不可言喻的寥寂。啊，但是，我这深心中海一样的哀愁，到头能有破灭的一天吗？哦，破灭！破灭！我欢迎你！我欢迎你！我如今什么希望也莫有，我立在破灭底门前只待着死神来开门。啊啊！我，我要想到那“无”底世界里去！（作欲跳水势）

女　须　（急挽勒之）你究竟何苦呢？你这么任性，这么激烈，对于你的病体真是不好呀！夏禹王底父亲正像你这样性情激烈的人，所以他终竟……

屈　原　不错，不错，他[2]终竟被别人家拐骗了！他把国家弄坏了，自以为去谄媚下子邻国便可以保全他的位置，他终竟被敌国拐骗了去了。这正是他“愚而好自用”底结果。于我有什么相干？他们为什么又把我放逐了呢？他们说我害了楚国，害了他的父亲；皇天在上，后土在下，这样的冤狱，要你们才知道呀！

女　须　你精神太错乱了，你总要自行保重才行。只要留得你健康，

① 诗歌引自《楚辞·远游》。

② 他　指楚怀王。楚怀王政治腐败，排斥主张改革的官吏。先后败于秦、齐，入秦被扣留，后死于秦国。

什么冤枉都会有表白的一天，你何以定要自苦呢？我知道你的心中本有无量的涌泉，想同江河一样自由流泻。我知道你的心中本有无限的潜热，想同火山一样任意飞腾。但是你看湘水、沅水，遇着更大的势力扬子江，他们也不得不隐忍相让，才汇成这样个汪洋的洞庭。火山也不是时常可以喷火，我们姐弟生长了这么多年，几曾见过山岳们喷火一次呢？我想山岳们底潜热，也怕是受了崖石底压制，但他们能常常地流泻些温泉出来。你权且让他们一时，你自由的意志，不和他们在那膻秽的政界里驰骋，难道便莫有向别方面发展的希望了吗？

屈　原　哦，我知道了！我知道了！我知道你要叫我把这莲佩扯坏，你要叫我把这荷冠折毁，这我可能忍耐吗？你怎见得我便不是扬子江，你怎见得我只是些湘沅小流？我的力量只能汇成个小小的洞庭，我的力量便不能汇成个无边的大海吗？你怎这么小视我？哦，你是要叫我去做个送往迎来的娼妇吗？娼妇——唔，她！她，郑袖！是她一人害了我！但是，我，我知道她的心中却是在恋慕我，她并且很爱诵我的诗歌。唔，那倒怕是个好办法。我如作首诗去赞美她，我想她必定会叫楚王来把我召回去。不错，我想回去呀！但是，啊！但是，那个是我所能忍耐的吗？我不是上天底宠儿？我不是生下地时便特受了一种天惠？我不是生在寅年寅月寅日的人①？我这么正直通灵的人，我能忍耐得去学娼家惯技？我的诗，我的诗便是我的生命！我能把我的生命，把我至可宝贵的生命，拿来自行蹂躏②，任

---

① 屈原在《离骚》中自叙出生年月日时说：“摄提贞于孟陬兮，惟庚寅吾以降。”王逸等据此认为屈原生于寅年寅月寅日。

② 蹂躏　róulìn，践踏，比喻用暴力欺压、侮辱、侵害。

人蹂躏吗？我效法造化底精神，我自由创造，自由地表现我自己。我创造尊严的山岳、宏伟的海洋，我创造日月星辰，我驰骋风云雷雨，我萃之虽仅限于我一身，放之则可泛滥乎宇宙。我一身难道只是些胭脂、水粉底材料，我只能学做些胭脂、水粉来，把去替女儿们献媚吗？哼！你为什么要小视我？我有血总要流，有火总要喷，不论在任何方面，我都想驰骋！你为什么要叫我“呢訾栗斯，喔咿儒儿，如脂如韦，突梯滑稽”以偷生全躯呢？连你也不能了解我，啊！我真不幸！我想不到才有这样一位姐子！

女　须　（掩泣）……

屈　原　（倾听）哦，刚才的歌声又唱起来了呀！

水中歌声：

我们为了他——泪珠儿要流尽了，
我们为了他——寸心儿早破碎了。
层层锁着的九嶷山上的白云哟！
微微波着的洞庭湖中的流水哟！
你们知不知道他？
知不知道他的所在哟？

屈　原　哦，她们在问我的所在！我站在这儿，你们怎么看不见呀？

水中歌声：

九嶷山上的白云有聚有消。
洞庭湖中的流水有汐有潮。
我们心中的愁云呀，啊！
我们眼中的泪涛呀，啊！
永远不能消！
永远只是潮！

屈　原　哦，好悲切的歌词！唱得我也流起泪来了。流吧！流吧！

我生命底泉水呀！你一流了出来，好像把我全身底烈火都浇息了的一样。我感觉着我少年时分，炎天烈日之中，在长江里面游泳着一样的快活。你这不可思议的内在的灵泉，你又把我苏活转来了！哦，我的姐姐！你也在哭吗？你听见了刚才的那样哀婉的歌声吗？

女　须　我也听见的，怕是些渔家娘子在唱晚歌呢！

屈　原　不然，不然，我不相信人们底歌声有那样泪晶一样地莹澈。

屈原自语时，老翁时时驻篙倾听，舟行甚缓。

老　翁　这便是娥皇、女英底哀歌了。这歌儿似乎还长，我在湖中生活了这么一辈子，听了不知道有多少次。我虽是不知道是些什么意思，但是我听了总也不知不觉地要流下泪来。

屈　原　能够流眼泪的人，总是好人。能够使人流眼泪的诗，总是好诗。诗之感人有这么深切，我如今才知道诗歌底真价了。幽婉的歌声呀！你再唱下去吧。我把我的莲佩通统赠你，（投莲瓣花环入湖中）你请再唱下去吧！

水中歌声：

太阳照着洞庭波，
我们魂儿战栗不敢歌。
待到日西斜，
起看篁中昨宵泪
已经开了花！
啊，爱人呀！
泪花儿怕要开谢了，
你回不回来哟？

老　翁　喔呀！天色看看便阴了下来，我们不能再拖延了！我怕达不到目的地方，天便会黑了！我要努力撑去！我要努力撑去！……

老翁尽力撑篙，从君山右侧，转入山后。花环在水上飘扬。帆影已不可见，远远犹闻欸乃之声。

——幕下

1920年12月27日

本篇最初发表于1921年4月出版的上海《学艺》杂志第二卷第十号。

阅读链接

端午节的由来和习俗

端午节，又叫“端五节”“端阳节”或“蒲节”，是中国传统节日，长期流传于汉族和壮族、布依族、侗族、土家族、仡佬族等少数民族聚居区，时间在每年农历五月初五。关于端午节的起源，人们普遍认为是悼念投汨罗江自沉的屈原。在端午节，人们会插艾蒲、吃粽子、饮雄黄酒和在小儿衣襟上系香袋等，以求消除灾祸，去虫毒。南方各省区节前举行龙舟竞渡等娱乐活动。韩国、越南等国也有端午节，但庆祝的方式不尽相同。

棠棣[①]之花

人　物　聂政（年二十岁）

聂姐嫈[②]（年二十二岁）

---

① 棠棣　木名。即郁李。《诗·小雅·常棣》：“常棣之华，鄂不韡韡。凡今之人，莫如兄弟。”“常棣”亦作“棠棣”，后世即以“棠棣”比喻兄弟。

② 嫈　yīng。

布　景　一望田畴半皆荒芜，间有麦秀青青者，远远有带浅山环绕。山脉余势在左近田畴中形成一带高地，上多白杨。白杨树上归鸦噪晚；树下一墓，碑题“聂母之墓”四字，侧向右。右手一条陇道，远远斜走而来，与墓地相通。

聂嫈荷桃花一巨枝，聂政旅装佩剑，手提一竹篮，自陇道上登场。

聂　政　（指点）姐姐，你看这一带田畴荒芜到这么个田地了！

聂　嫈　（叹息）嗳嗳！今年望明年太平，明年望后年丰收，望了将近十年，这目前的世界成了乌鸦与乱草底世界。（指点）你听，那白杨树上的归鸦噪得煞是逆耳，好像在嘲弄我们人类底运命一样呢！

聂　政　人类底肺肝只供一些鸦鹊加餐，人类底膏血只供一些乱草滋荣，——乱草呀，乌鸦呀，你们究竟又能高兴得到几时呢？

聂　嫈　（指点）你看，那不是母亲底墓碑吗？母亲死去不觉满了三年。死而复生的只有这些乱杂的败草。永逝不返的却是我们相依为命的慈母。我们这几年来久已饥渴着生命底源泉了呀！

聂　政　战争不熄，生命底泉水只好日就消逝。这几年来，今日合纵，明日连横，今日征燕，明日伐楚，争城者杀人盈城，争地者杀人盈野，我不知道他们究竟为的是什么。近来虽有人高唱弭兵，高唱非战，然而唱者自唱，争者自争。不久之间，连唱的人也自行争执起来了。

聂　嫈　自从夏禹传子，天下为家；井田制度，土地私有；已经种下了永恒争战底根本。根本坏了，只在枝叶上稍事剪除，怎么能够济事呢？

此时欲圆未圆的月儿自远山升上。姐弟二人已步入墓场。聂政置篮墓前，拔剑斫白杨一枝，在墓之周围打扫。聂嫈分桃枝为二，分插碑之左右。插毕，自篮中取酒食陈布，篮底取出洞箫一枝来。

聂　嫈　呢呀，你把洞箫也带来了吗？

聂　政　唉，我三年不吹了，今晚想在母亲墓前吹弄一回。

聂　嫈　很好，我也很想倾听你的雅奏呢。（陈设毕，在墓前拜跪）

聂政也来拜跪。拜跪毕，聂嫈立倚墓旁一株白杨树下。

聂　政　（取箫，坐墓前碧草上）姐姐，月轮已升，群鸦已静，茫茫天地，何等清寥呀！

聂　嫈　你听，好像有种很幽婉的哀音在这天地之间流漾。你快请吹箫和我，我的歌词要和眼泪一齐迸出了！（唱。聂政吹箫和之）

别母已三载，
母去永不归。
阿侬姐与弟，
愿随阿母来。

春桃花两枝，
分插母墓旁。
桃枝花谢时，
姐弟知何往？

不愿久偷生，
但愿轰烈死。
愿将一己命，
救彼苍生起！

苍生久涂炭，
十室无一完。
既遭屠戮苦，
又有饥馑患。

饥馑匪自天，
屠戮咎由人。
富者余粮肉，
强者斗私兵。

侬欲均贫富，
侬欲茹强权，
愿为施瘟使，
除彼害群遍！

聂　政　姐姐，你的歌词很带些男性的音调，倘若母亲在时，听了定会发怒呢。

聂　嫈　母亲在时，每每望我们享得人生底真正的幸福。我想此刻天下底姐妹兄弟们一个个都陷在水深火热之中，假使我们能救得他们，便牺牲却一己底微躯，也正是人生底无上幸福。所以你今晚远赴濮阳，我明知前途有多大的牺牲，但我却是十分地欢送你。我想没有牺牲，不见有爱情；没有爱情，不会有幸福的呀！

聂　政　（吹箫）姐姐，你还请唱下去吧！

聂　嫈　（唱）

明月何皎皎，
白杨声萧萧。
阿侬姐与弟，
离别在今宵。

今宵离别后，
相会不可期。
多看姐两眼，
多听姐歌词。

聂　政　（拭泪）姐姐，你怎这么悲抑呀？

聂　嫈　（唱而不答）

汪汪泪湖水，
映出四轮月。
俄顷即无疆，
月轮永不灭。

聂　政　（拭泪）姐姐，夜分已深，你请回去了吧。

聂　嫈　（唱而不答）

姐愿化月魂，
幽光永照弟。
何处是姐家？
将回何处去？

聂　政　（起立）姐姐，你这么悲抑，使我烈火一样的雄心，好像化为了冰冷。姐姐，我不愿去了呀！（挥泪）

聂　嫈　二弟呀，这不是你所说的话呀！我所以不免有些悲抑之处，不是不忍别离，只是自恨身非男子。……二弟，我也不悲抑了，你也别流泪吧！我们的眼泪切莫洒向此时，你明朝途中如遇着些灾民流黎、骷髅骴骨，你请替我多多洒雪些吧！我们贫民没有金钱、粮食去救济同胞，有的只是生命和眼泪。……二弟，我不久留你了，你快努力前去！莫辜负你磊落心怀，莫辜负姐满腔勖望，莫辜负天下苍生，莫辜负严仲子知遇[1]，你努力前去吧！我再唱曲歌来壮

[1] 严仲子名遂，战国时韩人，痛恶韩相侠累无道；严仲子与聂政交善，聂政受其委托，前去刺侠累。——作者原注

你的行色。（唱）

去吧，二弟呀！
我望你鲜红的血液，
迸发成自由之花，
开遍中华！
二弟呀，去吧！

月轮突被一朵乌云遮去，舞台全体暗黑如漆，只闻歌词尾声。

1920年9月23日脱稿

〔附白〕

此剧本是三幕五场之计划，此为第一幕中之第二场，曾经单独地发表过一次，又本有独幕剧之性质，所以我就听它独立了。[1]

凤凰涅槃

天方国[2]古有神鸟名“菲尼克司”（Phoenix），满五百岁后，集香木自焚，复从死灰中更生，鲜美异常，不再死。

按此鸟殆即中国所谓凤凰：雄为凤，雌为凰。《孔演图》[3]云：“凤凰火精，生丹穴。”《广雅》云：“凤凰……雄鸣曰即即，雌鸣曰足足。”

---

① 此“附白”中所谓“三幕五场之计划”是原有计划，并未完成。最后完成者为五幕剧，此为第一幕，但内容略有不同。请参看同名剧本《棠棣之花》。——作者原注

② 天方国　即“天方”，其名可能源于“天房”的异译。原指麦加，后泛指阿拉伯地区。

③《孔演图》　应作《演孔图》。

序　曲

除夕将近的空中，
飞来飞去的一对凤凰，
唱着哀哀的歌声飞去，
衔着枝枝的香木飞来，
飞来在丹穴山上。

山右有枯槁了的梧桐，
山左有消歇了的醴[1]泉，
山前有浩茫茫的大海，
山后有阴莽莽的平原，
山上是寒风凛冽的冰天。

天色昏黄了，
香木集高了，
凤已飞倦了，
凰已飞倦了，
他们的死期将近了。

凤啄香木，
一星星的火点迸飞。
凰扇火星，
一缕缕的香烟上腾。

凤又啄，
凰又扇，

① 醴　lǐ，甘甜的泉水。

山上的香烟弥散，
山上的火光弥漫。

夜色已深了，
香木已燃了，
凤已啄倦了，
凰已扇倦了，
他们的死期已近了！

啊啊！
哀哀的凤凰！
凤起舞，低昂！
凰唱歌，悲壮！
凤又舞，
凰又唱，
一群的凡鸟，
自天外飞来观葬。

凤　歌

即即！即即！即即！
即即！即即！即即！
茫茫的宇宙，冷酷如铁！
茫茫的宇宙，黑暗如漆！
茫茫的宇宙，腥秽如血！

宇宙呀，宇宙，
你为什么存在？
你自从哪儿来？

你坐在哪儿在？

你是个有限大的空球？
你是个无限大的整块？
你若是有限大的空球，
那拥抱着你的空间
他从哪儿来？
你的外边还有些什么存在？
你若是无限大的整块，
这被你拥抱着的空间
他从哪儿来？
你的当中为什么又有生命存在？
你到底还是个有生命的交流？
你到底还是个无生命的机械？

昂头我问天，
天徒矜高，莫有点儿知识。
低头我问地，
地已死了，莫有点儿呼吸。
伸头我问海，
海正扬声而呜唈。

啊啊！
生在这样个阴秽的世界当中，
便是把金刚石的宝刀也会生锈！
宇宙呀，宇宙，
我要努力地把你诅咒：
你脓血污秽着的屠场呀！

你悲哀充塞着的囚牢呀！
你群鬼叫号着的坟墓呀！
你群魔跳梁着的地狱呀！
你到底为什么存在？

我们飞向西方，
西方同是一座屠场。
我们飞向东方，
东方同是一座囚牢。
我们飞向南方，
南方同是一座坟墓。
我们飞向北方，
北方同是一座地狱。
我们生在这样个世界当中，
只好学着海洋哀哭。

凰　歌

足足！足足！足足！
足足！足足！足足！
五百年来的眼泪倾泻如瀑。
五百年来的眼泪淋漓如烛。
流不尽的眼泪，
洗不净的污浊，
浇不熄的情炎，
荡不去的羞辱，
我们这缥缈的浮生
到底要向哪儿安宿？

啊啊！
我们这缥缈的浮生
好像那大海里的孤舟。
左也是漶漫，
右也是漶漫，
前不见灯台，
后不见海岸，
帆已破，
樯已断，
楫已飘流，
柁已腐烂，
倦了的舟子只是在舟中呻唤，
怒了的海涛还是在海中泛滥。

啊啊！
我们这缥缈的浮生
好像这黑夜里的酣梦。
前也是睡眠，
后也是睡眠，
来得如飘风，
去得如轻烟，
来如风，
去如烟，
眠在后，
睡在前，
我们只是这睡眠当中的
一刹那的风烟。

啊啊！
有什么意思？
有什么意思？
痴！痴！痴！
只剩些悲哀，烦恼，寂寥，衰败，
环绕着我们活动着的死尸，
贯串着我们活动着的死尸。

啊啊！
我们年青时候的新鲜哪儿去了？
我们年青时候的甘美哪儿去了？
我们年青时候的光华哪儿去了？
我们年青时候的欢爱哪儿去了？
去了！去了！去了！
一切都已去了，
一切都要去了。
我们也要去了，
你们也要去了，
悲哀呀！烦恼呀！寂寥呀！衰败呀！

简短的诗句饱含感情，表达了凤凰与“身外的一切”“身内的一切”“一切的一切”决裂的坚定果敢，具有一种格外悲壮的力量，预示着凤凰将在自我毁灭中走向新生！

凤凰同歌

啊啊！
火光熊熊了。
香气蓬蓬了。
时期已到了。
死期已到了。
身外的一切！
身内的一切！

一切的一切！
请了！请了！

群鸟歌

岩　鹰

哈哈，凤凰！凤凰！
你们枉为这禽中的灵长！
你们死了吗？你们死了吗？
从今后该我为空界的霸王！

孔　雀

哈哈，凤凰！凤凰！
你们枉为这禽中的灵长！
你们死了吗？你们死了吗？
从今后请看我花翎上的威光！

鸱　枭

哈哈，凤凰！凤凰！
你们枉为这禽中的灵长！
你们死了吗？你们死了吗？
哦！是哪儿来的鼠肉的馨香？

家　鸽

哈哈，凤凰！凤凰！
你们枉为这禽中的灵长！
你们死了吗？你们死了吗？
从今后请看我们驯良百姓的安康！

鹦　鹉

哈哈，凤凰！凤凰！
你们枉为这禽中的灵长！
你们死了吗？你们死了吗？

以“哈哈”开头，充分展现了岩鹰对凤凰的嘲讽，群鸟幸灾乐祸的小人嘴脸跃然纸上。

群鸟以为凤凰衔香木自焚是自寻死路，它们觉得自己的机会来了，一个个想要取而代之。这洋洋得意的丑态更反衬出凤凰的高洁华美，不同凡俗。

从今后请听我们雄辩家的主张！

白　鹤

哈哈，凤凰！凤凰！
你们枉为这禽中的灵长！
你们死了吗？你们死了吗？
从今后请看我们高蹈派[①]的徜徉！

凤凰更生歌

鸡　鸣

昕潮涨了，
昕潮涨了，
死了的光明更生了。

春潮涨了，
春潮涨了，
死了的宇宙更生了。

为什么在凤凰获得新生之时，光明和宇宙也更生了？

生潮涨了，
生潮涨了，
死了的凤凰更生了。

凤凰和鸣

我们更生了。
我们更生了。

① 高蹈派　即“帕尔纳斯派”，亦译“巴那斯派”。法国诗人团体。他们反对浪漫派的多愁善感和用词夸饰，强调客观、严谨、形式完美、描写准确和韵律和谐。倡导“为艺术而艺术”，是法国象征主义文学的前驱。

一切的一，更生了。
一的一切，更生了。
我们便是他，他们便是我。
我中也有你，你中也有我。
我便是你。
你便是我。
火便是凰。
凤便是火。
翱翔！翱翔！
欢唱！欢唱！

“一切的一”和“一的一切”指的是什么？

我们新鲜，我们净朗，
我们华美，我们芬芳，
一切的一，芬芳。
一的一切，芬芳。
芬芳便是你，芬芳便是我。
芬芳便是他，芬芳便是火。
火便是你。
火便是我。
火便是他。
火便是火。
翱翔！翱翔！
欢唱！欢唱！

我们热诚，我们挚爱。
我们欢乐，我们和谐。
一切的一，和谐。
一的一切，和谐。

和谐便是你，和谐便是我。
和谐便是他，和谐便是火。
火便是你。
火便是我。
火便是他。
火便是火。
翱翔！翱翔！
欢唱！欢唱！

我们生动，我们自由，
我们雄浑，我们悠久。
一切的一，悠久。
一的一切，悠久。
悠久便是你，悠久便是我。
悠久便是他，悠久便是火。
火便是你。
火便是我。
火便是他。
火便是火。
翱翔！翱翔！
欢唱！欢唱！

我们欢唱，我们翱翔。
我们翱翔，我们欢唱。
一切的一，常在欢唱。
一的一切，常在欢唱。
是你在欢唱？是我在欢唱？
是他在欢唱？是火在欢唱？

凤凰在火中涅槃，火是凤凰涅槃的重要条件。“火”这一意象在全诗中反复出现，象征无处不在的、给一切带来新生的时代精神。

重生的凤凰怀着喜悦、激动的心情迎接世界，充满希望地拥抱新生。它们的涅槃重生，也是中华民族的涅槃重生。在重复的欢唱中结束全诗，代表着诗人对祖国终将取得胜利的美好憧憬，给人带来无限希望。

欢唱在欢唱！
欢唱在欢唱！
只有欢唱！
只有欢唱！
欢唱！
　欢唱！
　　欢唱！

1920年1月20日初稿
1928年1月3日改削

天　狗

我是一条天狗呀！
我把月来吞了，
我把日来吞了，
我把一切的星球来吞了，
我把全宇宙来吞了。
我便是我了！

我是月底光，
我是日底光，
我是一切星球底光，
我是X光线底光，
我是全宇宙底Energy[①]底总量！

我飞奔，

① Energy　物理学所研究的“能”。

我狂叫，
我燃烧。
我如烈火一样地燃烧！
我如大海一样地狂叫！
我如电气一样地飞跑！
我飞跑，
我飞跑，
我飞跑，
我剥我的皮，
我食我的肉，
我吸我的血，
我啮我的心肝，
我在我神经上飞跑，
我在我脊髓上飞跑，
我在我脑筋上飞跑。

我便是我呀！
我的我要爆了！

1920年2月初作

炉中煤
——眷念祖国的情绪

啊，我年青的女郎！
我不辜负你的殷勤，
你也不要辜负了我的思量。
我为我心爱的人儿
燃到了这般模样！

啊，我年青的女郎！
你该知道了我的前身？
你该不嫌我黑奴卤莽？
要我这黑奴的胸中，
才有火一样的心肠。

啊，我年青的女郎！
我想我的前身
原本是有用的栋梁，
我活埋在地底多年，
到今朝总得重见天光。

啊，我年青的女郎！
我自从重见天光，
我常常思念我的故乡，
我为我心爱的人儿
燃到了这般模样！

1920年1、2月间作

地球，我的母亲！

地球，我的母亲！
天已黎明了，
你把你怀中的儿来摇醒，
我现在正在你背上匍行。
地球，我的母亲！
你背负着我在这乐园中逍遥。
你还在那海洋里面，

奏出些音乐来，安慰我的灵魂。

地球，我的母亲！
我过去，现在，未来，
食的是你，衣的是你，住的是你，
我要怎么样才能够报答你的深恩？

地球，我的母亲！
从今后我不愿常在家中居住，
我要常在这开旷的空气里面，
对于你，表示我的孝心。

地球，我的母亲！
我羡慕你的孝子，田地里的农人，
他们是全人类的褓母，
你是时常地爱抚他们。

地球，我的母亲！
我羡慕你的宠子，炭坑里的工人，
他们是全人类的普罗美修士[①]，
你是时常地怀抱着他们。

地球，我的母亲！
我羡慕那一切的草木，我的同胞，你的儿孙，

① 普罗美修士　现通译为普罗米修斯，希腊神话中造福人类的神。他曾为人类盗取天火，并传授多种技艺，因此触怒主神宙斯，被锁在高加索山崖，每日遭神鹰啄食肝脏，夜间伤口愈合，天明神鹰复来。宁受折磨，坚毅不屈。

他们自由地，自主地，随分地，健康地，
享受着他们的赋生。

地球，我的母亲！
我羡慕那一切的动物，尤其是蚯蚓——
我只不羡慕那空中的飞鸟：
他们离了你要在空中飞行。

地球，我的母亲！
我不愿在空中飞行，
我也不愿坐车，乘马，著袜，穿鞋，
我只愿赤裸着我的双脚，永远和你相亲。

地球，我的母亲！
你是我实有性的证人，
我不相信你只是个梦幻泡影，
我不相信我只是个妄执[①]无明[②]。

地球，我的母亲！
我们都是空桑中生出的伊尹[③]，
我不相信那缥缈的天上，
还有位什么父亲。

地球，我的母亲！

① 妄执　佛教语。虚妄的执念。
② 无明　佛教语。泛指无智、愚昧，特指不懂佛教道理的世俗认识。
③ 伊尹　商初大臣。名伊，尹是官名。一说名挚。传其生于中空的桑树，曾助汤攻灭夏桀。

我想这宇宙中的一切都是你的化身：
雷霆是你呼吸的声威，
雪雨是你血液的飞腾。

地球，我的母亲！
我想那缥缈的天球，是你化妆的明镜，
那昼间的太阳，夜间的太阴，
只不过是那明镜中的你自己的虚影。

地球，我的母亲！
我想那天空中一切的星球
只不过是我们生物的眼球的虚影；
我只相信你是实有性的证明。

地球，我的母亲！
已往的我，只是个知识未开的婴孩，
我只知道贪受着你的深恩，
我不知道你的深恩，不知道报答你的深恩。

地球，我的母亲！
从今后我知道你的深恩，
我饮一杯水，纵是天降的甘霖，
我知道那是你的乳，我的生命羹。

地球，我的母亲！
我听着一切的声音言笑，
我知道那是你的歌，
特为安慰我的灵魂。

地球，我的母亲！
我眼前一切的浮游生动，
我知道那是你的舞，
特为安慰我的灵魂。

地球，我的母亲！
我感觉着一切的芬芳彩色，
我知道那是你给我的玩品，
特为安慰我的灵魂。

地球，我的母亲！
我的灵魂便是你的灵魂，
我要强健我的灵魂，
用来报答你的深恩。

地球，我的母亲！
从今后我要报答你的深恩，
我知道你爱我还要劳我，
我要学着你劳动，永久不停！

1919年12月末作

太阳礼赞

青沉沉的大海，波涛汹涌着，潮向东方。
光芒万丈地，将要出现了哟——新生的太阳！

天海中的云岛都已笑得来火一样地鲜明！
我恨不得，把我眼前的障碍一概划平！

出现了哟！出现了哟！耿晶晶地白灼的圆光！
从我两眸中有无限道的金丝向着太阳飞放。

太阳哟！我背立在大海边头紧觑着你。
太阳哟！你不把我照得个通明，我不回去！

太阳哟！你请永远照在我的面前，不使退转！
太阳哟！我眼光背开了你时，四面都是黑暗！

太阳哟！你请把我全部的生命照成道鲜红的血流！
太阳哟！你请把我全部的诗歌照成些金色的浮沤！

太阳哟！我心海中的云岛也已笑得来火一样地鲜明了！
太阳哟！你请永远倾听着，倾听着，我心海中的怒涛！

本篇发表于1921年2月1日上海《时事新报·学灯》

匪徒颂

匪徒有真有假。

《庄子·胠箧》篇里说："故跖之徒问于跖曰：'盗亦有道乎？'跖曰：'何适而无有道耶？夫妄意室中之藏，圣也；入先，勇也；出后，义也；知可否，智也；分均，仁也。五者不备而能成大盗者，天下未之有也。'"

像这样身行五抢六夺，口谈忠孝节义的匪徒是假的。照实说来，他们实在是军神武圣的标本。

物各从其类，这样的假匪徒早有我国的军神武圣们和外国的军神武圣们赞美了。小区区非圣非神，一介"学匪"，只好将古今中外的真正的匪徒们来赞美一番吧。

一

反抗王政的罪魁，敢行称乱的克伦威尔[①]呀！
私行割据的草寇，抗粮拒税的华盛顿呀！
图谋恢复的顽民，死有余辜的黎塞尔[②]呀！
西北南东去来今，
　　一切政治革命的匪徒们呀！
　　　　万岁！万岁！万岁！

二

鼓动阶级斗争的谬论，饿不死的马克思呀！
不能克绍箕裘[③]，甘心附逆的恩格斯[④]呀！
亘古的大盗，实行共产主义的列宁呀！
西北南东去来今，
　　一切社会革命的匪徒们呀！
　　　　万岁！万岁！万岁！

---

① 克伦威尔　（1599—1658）英国议会军统帅、资产阶级革命家。曾支持处死国王和成立共和国。1653年解散议会，任护国公，建立独裁统治。

② 黎塞尔　（1861—1896）即黎萨，亦译黎萨尔。菲律宾民族独立运动领袖，作家。其作品曾深刻揭露了西班牙殖民统治的罪恶，推动了菲律宾民族意识的觉醒。1896年12月遭西班牙殖民政府杀害。

③ 克绍箕裘　克，能够。绍，继承。箕，簸箕。裘，皮袄。比喻继承祖先的事业。

④ 恩格斯　（1820—1895）无产阶级革命导师，马克思主义创始人之一，马克思的亲密战友。

三

反抗婆罗门的妙谛，倡导涅槃邪说的释迦牟尼[1]呀！
兼爱无父、禽兽一样的墨家巨子[2]呀！
反抗法王的天启，开创邪宗的马丁路德[3]呀！
西北南东去来今，
　　一切宗教革命的匪徒们呀！
　　　　万岁！万岁！万岁！

四

倡导太阳系统的妖魔，离经畔道的哥白尼[4]呀！
倡导人猿同祖的畜生，毁宗谤祖的达尔文[5]呀！
倡导超人哲学的疯癫，欺神灭像的尼采[6]呀！
西北南东去来今，
　　一切学说革命的匪徒们呀！

---

① 释迦牟尼　佛教创始人。姓乔答摩，名悉达多，古印度北部迦毗罗卫国（今尼泊尔境内）净饭王之子。相传他29岁时痛感人世生、老、病、死各种苦恼，又不满当时婆罗门的神权统治及其梵天创世说教，舍弃王族生活，出家修道，创立了佛教。

② 巨子　墨家学派对其领袖的尊称。

③ 马丁路德　（1483—1546）即马丁·路德。德国宗教改革家、基督教新教路德宗创始人。否定教皇权威，反抗陈规和天主教旧的教义。

④ 哥白尼　（1473—1543）波兰天文学家，日心说创立者，近代天文学的奠基人。

⑤ 达尔文　（1809—1882）英国博物学家，进化论的奠基人。1859年出版震动当时学术界的《物种起源》一书。

⑥ 尼采　（1844—1900）德国哲学家、诗人。哲学上将叔本华的唯意志论发展为强力意志，并提出“超人”哲学，认为“超人”是人世间强力意志的最高表现。否定现有的善恶是非标准，主张对原有的价值重新估价。抨击基督教及其道德观，否定西方文明。

万岁！万岁！万岁！

五

反抗古典三昧的艺风，丑态百出的罗丹[①]呀！
反抗王道堂皇的诗风，饕餮[②]粗笨的惠特曼呀！
反抗贵族神圣的文风，不得善终的托尔斯泰呀[③]！
西北南东去来今，
　　一切文艺革命的匪徒们呀！
　　　　万岁！万岁！万岁！

六

不安本分的野蛮人，教人“返自然”的卢梭[④]呀！
不修边幅的无赖汉，擅与恶疾儿童共寝的丕时大罗启[⑤]呀！
不受约束的亡国奴，私建自然学园的泰戈尔呀！
西北南东去来今，
　　一切教育革命的匪徒们呀！
　　　　万岁！万岁！万岁！

1919年年末作

---

① 罗丹　（1840—1917）法国雕塑家。倡导现实主义的创作方法，曾受到法国官方学派的抨击。

② 饕餮　tāotiè，比喻贪吃的人。

③ 托尔斯泰晚年厌弃贵族生活，弃家出走，途中患肺炎，死于阿斯塔波沃车站。

④ 卢梭　（1712—1778）：法国启蒙思想家、哲学家、作家。著有《论科学和艺术》《论人类不平等的起源和基础》《忏悔录》等。

⑤ 丕时大罗启　（1746—1827）现通译为裴斯泰洛齐。瑞士教育家。其教育思想对近代西方初等教育的发展有重要影响。

附　录

我怎样写五幕史剧《屈原》

在《棠棣之花》第二次上演的时候，有好些朋友怂恿我写《屈原》，我便起了写的念头。但怎么写法，怎样才可以写得好，却苦恼着我。

第一，屈原的悲剧身世太长。在楚怀王时代做左徒时未满三十，在楚襄王二十一年郢都陷落而殉国时，年已六十有二。三十多年的悲剧历史，怎样可以使它被搬上舞台呢？我为这问题考虑了相当长的时间，因不易解决使我不能执笔者有三个星期之久。

其次是屈原在历史上的地位太崇高了，他的性格和他的作品都有充分的比重。要描写屈原，如力量不够，便会把这位伟大人物漫画化。这是很危险的。有好些朋友听说我要写《屈原》，他们对于我的期待似乎未免过高。在元旦的报章上就有人预言，"今年将有《罕默雷特》和《奥塞罗》型的史剧出现。"这种鼓励无宁是一种精神上的压迫。欧洲文学中并没有好几篇《罕默雷特》和《奥塞罗》，莎士比亚的作品中也就算这二篇最为壮烈。现在要教人一跃而跻，实在是有点苦人所难。批评家是出于好意还是出于"看肖神"，令人有点不能摩捉。

然而我终竟赌了一口气，不管它怎样，我总要写。起初是想写成上下两部，上部写楚怀王时代，下部写楚襄王时代。这样的写法是有点像《浮士德》。我把这个意思同阳翰笙兄商量过，他也很赞成，觉得只有这样才是办法。分写成上下两部，每部写它个五六幕，而侧重在下部的结束，这是当初的企图。我现在还留有一张关于下部的分幕和人物表，不妨把它抄录在下边吧。

一、服丧——襄王、子兰、郑袖、屈原、女须、婵娟、群众。

二、屈服——襄王、子兰、郑袖、屈原。

三、流窜——襄王、子兰、郑袖、秦嬴、屈原、詹尹、女须、婵娟。

四、哀郢——襄王、子兰、郑袖、白起、秦兵、屈原、女须、婵娟、群众。

五、投江——屈原、渔父、群众、南公。

“服丧”是想写襄王三年，怀王囚死于秦归葬时候的事。当时楚国反秦空气极高，屈原得恢复其社会上的地位，凭着群情的共愤，使当时的执政者终于和秦国绝了交。

“屈服”是想写襄王六年时事。秦将白起战败韩国，斩首二十四万于伊阙。秦王借此余威，向楚压迫，要求决战。襄王慑服，向秦求和，并迎妇于秦为其半子。此时屈原理应反对最烈，然而于事无补。

“流窜”是接着“屈服”而来的，想写成两场，首因激怒当局而遭窜逐，继则偕其亲近者在窜逐生活中向郑詹尹卜居。

“哀郢”是想写襄王十一年白起破郢都，襄王君臣出走时事。楚国险遭亡国的惨祸。屈原在这国破的情境当中还须失掉女须与婵娟，增加其绝望。

“投江”便是想写投汨罗江时的最后情景。渔父出了场之外，我还想把南公也拉出场。南公见《史记·项羽本纪》，有楚国公曰：“楚虽三户，亡秦必楚”几句话。本来不知道他是什么时候的人，或许还会后于屈原，但我把他拉到这里来作为群众的领率，群众是在屈原死后来打捞他的尸首的。

约略这样的一个步骤，然而在认真开始执笔而且费了几天功夫把目前的《屈原》写出了时，却完全被打破了。目前的《屈原》真可以说是意想外的收获。各幕及各项情节差不多完全是在写作中逐渐涌出来的。不仅在写第一幕时还没有第二幕，就是第一幕如何结束，都没有完整的预念。实在也奇怪，自己的脑识就像水池开了闸一样，只是不断地涌出，涌到了平静为止。

我是二号开始写的，写到十一号的夜半完毕。综计共十天。但在这十天当中，我曾做过四次讲演，有一次（十号）还是远赴沙坪坝的中大，我每天照常会客，平均一天要会十个人。照常替别人看稿子，五号为看凌鹤的《山城夜曲》整个费了一天功夫，也照常在外面应酬，有一次（七号）苏联大使馆的茶会，看影片到深夜。故尔实际上的写作时间，每天平均怕不上四小时吧。写得这样快实在是出乎意外。

写第一幕的时间要费得多些。我的日记上写着：一月二号“晚间开始写《屈原》得五页。”一月三号“午前写《屈原》得十页左右。”一月四号“晚归续草《屈原》第一幕行将完成矣。”一月六号“写完《屈原》第一幕，续写第二幕。”

写第一幕时在预计之外我把宋玉拉上了场，在初并没有存心要把他写坏，但结果是对他不客气了。我又把子兰认为郑袖的儿子，屈原的学生，为增加其丑恶更写成了跛子，都是想当然的事，并不是有什么充分的根据的。《屈原传》称子兰为“稚子子兰”，把郑袖认为他的母亲，在情理上是可能的。屈原在怀王时有宠，能充当子兰的先生也是情理中的事，故尔我就让他们发生了母子、师生的关系。

我在写第一幕的时候，除造出了一个婵娟之外，本来是想把女须拖上场的，但到快要写完一幕时，我率性把她抛弃了。旧时认女须为屈原之姐，唯一的根据就是贾侍中说“楚人谓姐为须”。但只这样，则“女须”犹言“女姐”，不能算是人名。郑玄以为妹，朱熹以为贱妾，是根据《易经》上的“归妹以须”。古时女子出嫁，每以同姓之妹或侄为媵，故“须”可解为妹，亦可解为妾。这样时，“女须”也不能算是人名。因此我率性把女须抛弃了。我别立了一种解释，便是把《离骚》上的“女须之婵媛”解释为陪嫁的姑娘，名叫婵娟。就是《湘君》中的“女婵媛兮，为余太息”，《哀郢》中的“心婵媛而伤怀兮，眇不知其所蹠”，我都想把它解释成人名。虽然没有其他的根据，但和把“女须”释为姐或妹之没有其他的根据是一样的。又“女须”亦可解作天上的星宿“须女”，此解比较合理，但我在本剧中没有采用。

第二幕以下的进行情形，让我还是抄写日记吧。

一月七日：“继续写《屈原》，进行颇为顺畅。某某等络绎来，写作为之中断。”

一月八日：“上午将《屈原》第二幕草完，甚为满意。……本打算写为上下部者，将第二幕写成之后，已到最高潮，下面颇有难以为继之感。吃中饭时全剧结构在脑中浮出，决写为四幕剧，第三幕仍写屈原之橘园，在此幕中刻画宋玉、子椒、婵娟等人物。第四幕写《天问》篇中之大雷电，以此四幕而完结。得此全像，脑识颇为轻松，甚感愉快。”

一月九日：“《屈原》须扩展成五幕或六幕，第四幕，写屈原出游与南后相遇，更展开南后与婵娟之斗争，但生了滞碍。创作以来第一次遇着难关，因情调难为继。”

一月十日：“第四幕困难得到解决，且颇满意。上午努力写作，竟将第四幕写成矣。……夜为第五幕复小生滞塞，只得早就寝。”

一月十一日：“夜将《屈原》完成，全体颇为满意，全出意想之外。此数日来头脑特别清明，亦无别种意外之障碍。提笔写去，即不觉妙思泉涌，奔赴笔下。此种现象为历来所未有。计算二日开始执笔至今，恰好十日，得原稿一二六页，……真是愉快。今日所写者为第五幕之全体，幕分两场，着想自亦惊奇，竟将婵娟让其死掉，实属天开异想。婵娟化为永远之光明，永远之月光，尤为初念所未及。……”

目前的《屈原》实在是一个意想外的收获，我把这些日记的断片摘录了出来，也就足以证明在写作过程中是怎样的并没有依据一定的步骤。让婵娟误服毒酒而死，实在是在第五幕第一场写完之后才想到的。因此便不得不把郑詹尹写成坏人。我使郑詹尹和郑袖发生了父女关系，不用说也是杜撰的。根据呢？只是他们同一以郑为氏而已。祭婵娟用了《橘颂》这个想法，还是全剧写成之后，在十二号的清早出现的。回想到第三幕中宋玉赠婵娟以《橘颂》尚未交代，便率性拉来做了祭文，实在再适合也没有。而且和第一幕生出了一个有机的叫应，俨然像是执笔之初的预定计划一样。这也纯全是出乎意外。

我把宋玉写成为一个没有骨气的文人，或许有人多少会生出异议吧。不过我这也并不是任意诬蔑。司马迁早就说过：“屈原既死之后，楚有宋玉、唐勒、景差之徒者，皆好辞而以赋见称。然皆祖屈原之从容辞令，终莫敢直谏。”

再拿传世的宋玉作品来说，如像《神女赋》《风赋》《登徒子好色赋》《大言赋》《小言赋》等，所表现的面貌，实在只是一位帮闲文人。《招魂》一篇依照《史记》，应该是屈原的作品，但我为行文之便，却依照王逸的说法划归了宋玉。考据与创作并不能完全一致，在这儿还须得附带声明一句。

南后郑袖这个性格是相当有趣的，我描写她多是根据《战国策》上的材料，如送贿给张仪及谗害魏美人的故事都是，（《韩非子》上也有，因手中无书，未及参证。）这个人是相当有点权变的，似乎不亚于吕雉与武则天。在我初期的计划中，是想把她的权势扩展到襄王一代，把襄王写成傀儡，把她写成西太后，前面所列的人物表中一直到最后，都有郑袖，便是这个意向的表示了。但就在本剧中，她的性格已经完成，我也感觉着没有再写的必要了。

依据《史记》，在怀王时谮屈原的是上官大夫靳尚，但我把主要的责任，嫁到郑袖身上去了。这虽然也是想当然的揣测，但恐怕是最近乎事实的。《卜居》里面有“将呢訾栗斯，喔咿儒儿，以事妇人乎？”的一问，所说的“妇人”应该就是指的郑袖。又《离骚》亦有“众女嫉余之蛾眉兮，谣诼谓余以善淫”的话，虽是象征的说法，但亦必含有事实。——《离骚》这两句是写到此处时才偶然想到的，与剧中情节不无相合之处，也是意外。

关于令尹子椒的材料很少，《离骚》里面有“椒专佞以谄谩”一句，向来注家以为即是子椒。又楚襄王时是“以其弟子兰为令尹”的，因此我便把子椒作为怀王时的令尹而写成了昏庸老朽的人。

写张仪多半是根据《史记·张仪列传》及《战国策》，把他写得相当坏，这是没有办法的。在本剧中他最吃亏，为了禋祀屈原，自不得不把他来做牺牲品。假使是站在史学家的立场来说话的时候，张仪对于中国的统一倒是有功劳的人。

第四幕中的钓者是得自《渔父辞》中的渔父的暗示，性格不用说是写得完全不同。第五幕中的卫士成为“仆夫”是因为《离骚》里面有“仆夫悲余马怀”的一个仆夫。这位仆夫要算是忠于屈原的唯一有据的人物。然而他的姓名无从考见。又这位仆夫我把他定成了汉北的人，原因是《抽思》里面有“有鸟自南兮来集汉北”的一句，足见屈原初放流时是在汉北，故《思美人》章又有“指嶓冢之西隈兮，与纁黄以为期”之语。流窜江南，当是襄王时代的事了。

第五幕中卫士处置更夫，我写出了个活杀自在法，在这儿是相当费了一点儿思索的，前面日记中所说“夜为第五幕复小生滞塞”，也就是指的写这儿的情形。我起初本是想很干脆地便把更夫勒死，但想到为要救活一人便要杀一无辜者觉得于心不安。又曾想到率性把更夫写成坏人，譬如让更夫来毒杀婵娟，觉得也不近情理。于是便想到活杀自在法，这在日本的柔道家是有的，似乎是把人的会厌骨向下按，便可使人一时气绝，再将骨位复原，人又可以苏醒。日本救不会泅水的人也每用此法，以免手足纠缠。这个方法我相信是由中国传过去的，但我问了好些朋友都不知道，我自己并不懂这个法术，也无从实验，因此又不免有些踌躇。但我终竟还是那样写出了，为了在舞台上能安婵娟的心，我想也是必要的。

关于靳尚，在《战国策》里面有一段故事极富有戏剧价值，便是怀王要放张仪的时候，有点不放心，靳尚便自告奋勇去监送张仪。有一位楚小臣，和靳尚有仇，他对魏国的张旄献计，要他派人在路上暗杀靳尚，以离间秦楚。张旄照办了，靳尚便在路上遭了刺杀。于是楚王大怒，秦、楚构兵而争事魏。这个故事在初本也想写在剧本里面的，但结果是割爱了。假使戏剧还要发展的话，那位钓者，倒也可以作为楚小臣的。

就这样本打算写屈原一世的，结果只写了屈原一天——由清早到夜半过后。但这一天似乎已把屈原的一世概括了。究竟是不是《罕默雷特》型或《奥塞罗》型不得而知，但至少没有把屈原漫画化，是可以差告无罪的。

1942 年 1 月 20 日夜

《蔡文姬》序

幼时发蒙，读过《三字经》，早就接触到“蔡文姬能辨琴”的故事。没有想到隔了六十多年，我却把蔡文姬戏剧化了。我不想否认，我写这个剧本是把我自己的经验融化了在里面的。

法国作家福楼拜，是有名的小说《波娃丽夫人》的作者，他曾经说：“波娃丽夫人就是我！——是照着我写的。”我也可以照样说一句：“蔡文姬就是我！——是照着我写的。”

但我和福楼拜却又不同。福楼拜说波娃丽夫人就是他，那是说那部小说是照着他的想象写出的。所以他又曾经这样说过：“《波娃丽夫人》没有一点是真的。这完全是一个虚构的故事，其中没有一点儿关于我的感情的东西，也没有一点关于我的生活的东西。”

《蔡文姬》却恰恰相反，它有一大半是真的。其中有不少关于我的感情的东西，也有不少关于我的生活的东西。不说，想来读者也一定能觉察到。在我的生活中，同蔡文姬有过类似的经历，相近的感情。但是这些东西的注入，我是特别注意到时代性的。蔡文姬的时代和今天的时代是完全不同了。我在写作中是尽可能着重了历史的真实性，除掉我自己的经历使我能够体会到蔡文姬的一段生活感情之外，我没有丝毫意识，企图把蔡文姬的时代和现代联系起来。那样就是反历史主义，违背历史真实性了。

当然，人体和猿体总有相似的地方。马克思也说过：“人体解剖对于猿体解剖是一把钥匙。”因此在《蔡文姬》剧本与现代之间，读者或观众可能发生某些联想，是在所难免的。我在时代性的区别上是尽可能采取了客观的态度，我也希望读者或观众也尽可能采取客观的态度。

再有一点我要声明，我写《蔡文姬》的主要目的就是要替曹操翻案。曹操对于我们民族的发展、文化的发展，确实是有过贡献的人。在封建时代，他是一位了不起的历史人物。但以前我们受到宋以来的正统观念的束缚，对于他的评价是太不公平了。特别经过《三国演义》和舞台艺术的形容化，把曹操固定成了一个奸臣的典型——一个大白脸的大坏蛋。连三岁的小孩子都在痛恨曹操。

我们今天的时代不同了，我们对于曹操应该有一种公平的看法。因此，我写了一篇《替曹操翻案》，这是我在《蔡文姬》中所塑造的曹操形象的基础。尽管在目前对于曹操的看法还有分歧，但我相信那些分歧是会逐渐接近或者消灭的。

从旧有的正统观念来看曹操，那是已经过时了。那样的分歧是不足道的。今天的主要分歧是从新的观点来的，便是对于曹操打过黄巾的看法问题。关于这一层，明白地说，凡是多少有一些新的历史观点的人，谁也没有说过曹操打了黄巾是应该。不同的只是对于打了黄巾之后曹操的一些措施，应当作如何评价。

我们今天研究历史或者评判历史人物，总得根据历史唯物主义，实事求是地来进行。我们不能把今天的标准来衡量曹操。也不能把今天的标准来衡量黄巾农民义军。例如，有人说黄巾义军的政治纲领是“耕者有其田”，俨然在一千七八百年前，还在封建制度上行阶段的农民，就在进行土地革命了。那是把历史课题提早了一千年。那样的说法是不合历史事实的。

在中国的长期封建统治中，历代农民起义有它本身的历史发展过程。在封建制度的上行阶段，农民起义如陈涉吴广、赤眉铜马、黄巾、李密、黄巢以及其他，都不曾提出过土地问题。简切地说，他们都是“取而代之”主义者，是学统治者的办法来打统治者的，即是“即以其人之道还治其人之身”。他们受着历史条件的规约，不能超脱出封建时代的意识。到了封建制度的下行阶段，自北宋以后的情况就有所不同了。北宋初年的李顺、王小波，明末的李自成，清代的太平天国，就提出了“均财富”“均田”“均产”等号召，而且有的还一时见诸实施。这在事实上是反映了农民的平均主义，然而由于无产阶级还没有登上舞台，这些号召结果只是空头支票，即是一时兑现也没有可能维持长远。孙中山的“平均地权”和“耕者有其田”，也只是停止在号召的阶段而已。中国历代的农民起义有它一定的历史发展过程，我们应该明确地掌握，然后才能对历史事实和历史人物给予正确的评价。要这样从全面发展上有分析地来看问题，才能合乎历史唯物主义的方法。不然是会走到它的反面的。

东汉末年的义军领袖们，很多人一起兵就称帝称王，并没有提出过“均产”“均田”之类的政治纲领，像北宋以后的历次农民起义那样。他们的起义目的，看来只是要保证当时可能有的物质生活，要如曹操《对酒》一诗所歌咏的那样，“对酒歌，太平时，王者贤且明”，即是要以新的真命天子来代替旧的假命天子，使百姓能够安居乐业。所谓“苍天已死，黄天当立，岁在甲子，天下大吉”，正宜作这样解释。我是在这样的认识之下，说“曹操虽然打了黄巾，并没有违背黄巾起义的目的”。

人是可以转变的。曹操尽管打过了黄巾义军，不能否认他也受到农民起义的影响，逼着他不能不走上比较为人民所喜悦的道路。曹操在《述志令》中叙述过他的主观愿望，说他曾经想做一个隐居的学者，后来又想立功封侯，做征西将军，而结果却为时势所迫，做到锄豪强，抑兼并，身为宰相，贵极人臣，成就了统一中国北部的霸业。这就表明客观条件逼着他在不断改变。他又曾经说：“设使国家无有孤，不知当几人称帝，几人称王。”然而他到后来毕竟还是称了王，而让他的儿子曹丕称了帝。曹丕称帝后建元“黄初”，这当然有五行说的含义，和谯县出现过所谓黄龙有关，但和“黄天当立”不也有一脉相通的气息吗？因此，我说“曹操虽然是攻打黄巾起家的，但我们可以说他是承继了黄巾运动。”

我是肯定曹操的功绩的。他使汉末崩溃了的社会逐步安定了下来，使黄河流域的生产秩序得到恢复和发展，使流离失所的人民得到安居乐业。他虽然打过黄巾，而黄巾农民确是拥护他。由黄巾义军收编成的青州兵，开始时的作战力也并不强，有时纪律性也并不高，然而后来不同了，不能否认是经过了组织化。青州兵在曹操率领下转战了二十七八年，打了不少次的硬战，但等曹操一死（建安二十五年），他们以为天下会大乱，都击鼓整队离去，经过慰抚，大约是回魏归了队。这一史实不是很鲜明地表示着：曹操生前对青州兵的宽厚和青州兵对曹操个人的悦服吗？总之，曹操对当时的人民是有过贡献的，对民族的发展和民族文化的发展也是有过贡献的。除在郡国广泛开立屯田之外，在他的统治下还兴修了好些水利，不仅有利于当时，而且有利于后代。在文学方面的贡献，就是痛恨曹操的人也无法否定。人民是最公正的。凡是有功于人民的人，人民是会纪念他的。谯县旧有魏武帝庙，就在北宋，也还受着民间和王室的崇敬。这些，在讨论中，有不少的朋友已经说得很详细，我就不准备再多说了。

其实曹操的为人，他的才、学、识，他的生活态度，作为一千七八百年前的人来看，已经就够特出一头地了。例如，他曾经和工人一道打刀，在当时是被人讥笑过的，在今天也有人认为无足重轻，据说和古代帝王亲耕籍田一样，是一种形式。我看不能那样看问题。曹操和工人一道打刀，是为想起兵打董卓，他当时还是一个在逃的将校，怎么能够和亲耕籍田相比呢？如果是一种仪式，那别人也就不会讥诮他了。我是特别重视这件事的。因为在一千七八百年前的知识分子就能够重视体力劳动，实在是件了不起的事。请想想看吧，我们今天有些比较进步的知识分子，就在一年七八个月以前，不是都还在轻视体力劳动，看不起劳动人民吗？

历史上从来没有过一个十全十美的人。我虽然肯定了曹操的功绩，但并没有否定曹操的罪过。我不仅说过打过黄巾义军是曹操生活中最不光彩的一页，不仅说过他的缺点很不少，还在剧本里面通过他判处董祀死罪的情节，把曹操由于偏信几乎错杀了好人形象化了。剧中的情节虽然是出于我的想象，但曹操由于性急，有时误杀过好人，确是千真万确的事实。

过分美化曹操，和曹操同时代的人倒有过这个倾向。例如，他的儿子曹植的《七启》，那最后一启就在歌颂他的父亲。我不妨把那节文字摘录一些在下边，以供读者参考：

> 世有圣宰，翼帝霸世。同量乾坤，等曜日月。玄化参神，与灵合契。惠泽播于黎苗，威灵振乎无外。超隆平于殷周，踵羲皇而齐泰。显朝维清，王道遐均。民望如草，我泽如春。河滨无洗耳之士，乔岳无巢居之民。

又如《魏德论》中称颂曹操的几句是这样：

> 武皇之兴也，以道陵残，义气风发。神戈退指则妖氛顺制，灵旗一举则朝阳播越。

还有《武帝诔》，说曹操“九德光备，万国作师”；“怒过雷霆，喜逾春日”。又说“群杰扇动，我王服之；喁喁黎庶，我王育之”；还说他死了都还“下君百灵”。

这些歌功颂德的文字简直把曹操说得来天上有、地下无。特别是“同量乾坤，等曜日月”“民望如草，我泽如春”等句，是值得欣赏的辞藻，但也似乎特别夸大。但是，我们根据这些，却可以看出建安时代的人对于曹操的一种看法。曹植是曹操的儿子，他要歌颂父亲，当然不足为奇。但如农民起义军的领袖之一的张鲁，是被曹操打败了的人，他也竟说“宁为魏公奴，不为刘备上客”。这不表明着：曹操在当时的确是颇得人心的吗？

蔡文姬归汉后究竟做了些什么工作，除掉《后汉书》的本传中说她凭记忆记录出了她父亲蔡邕的作品四百余篇之外，别无资料可考。四百余篇的内容到底是些什么，也是一个无法解答的疑问。在剧本中，我说曹操要她帮助撰修《续汉书》，这虽然也是出于虚构，而在我却是有所依据的。

《后汉书》的撰述，除现传范晔的著作外，有谢承的《后汉书》，薛莹的《后汉书》，二书均已失传。谢和薛都是吴人，与蔡文姬自然无关。晋人司马彪有《续汉书》，虽也同样失传，但据古籍所载，其《礼仪志》《天文志》都采取了蔡邕的著作。蔡邕曾续撰《前汉书》十志，在他的文集中还保存有《上汉书十志疏》，可以为证。这些著作，由于流离散失，可能是包含在蔡文姬所追录的四百余篇的遗文中的。因此，我在剧本中说蔡文姬“在《续汉书》的撰述上提供了很宝贵的材料”，并不完全是无稽之谈。

剧本的初稿是二月初旬在广州写出的。二月三日动笔，九日写完，费了七天工夫。但其后在上海，在济南，在北京，都修改过多少次。特别在最近，为了适应演出上的方便，还做了相当大的压缩。我感谢北京人民艺术剧院的同志们和广州、上海、济南的同志们给了我很大的鼓舞和帮助。我感谢各地的同志们对我提出了很多宝贵的意见。我感谢王戎笙同志，他的《谈〈蔡文姬〉中曹操形象的真实性》一文对于剧本是比较详细的注释，我征得了他的同意，收入了本书。我相信这对于读者是会有所帮助的。

我感谢文物出版社的同志们，他们本来打算把明人的《胡笳十八拍》画卷单独出版，由于知道我写了剧本，中途改变了计划，愿把画卷和剧本一道印出，并还把宋人陈居中的《文姬归汉图》作为封面。这真使我的剧本增光不少了。

有关蔡文姬的史料，为了读者的方便，我尽可能地收集了起来作为附录。骚体的一首《悲愤诗》，在我看来是假托的，但也假托于魏晋文人，仍不失为重要的史料。

同被收录的几篇文章中，如《谈蔡文姬的〈胡笳十八拍〉》，如《替曹操翻案》，都和在报刊上发表时略有删改。特别是《替曹操翻案》中有一处我把史事弄混淆了。那就是把建安十八年（公元213年）庐江一带的农民因怕迁徙而集体渡江东逃一事，和《魏志·袁涣传》“新开屯田，民不乐，多逃亡”一事等同了起来，那确是错误。新开屯田是在建安初年，两者不能混为一谈。好几位朋友在讨论中都指责到这一点，我要向他们表示感谢。这个错误，我在文章中已经把它改正了，这是应该声明的。

因此，这部《蔡文姬》应该说是一部集体创作。当然，其中一定还有不少不妥当的地方，那当得由我个人负责。我诚恳地请求同志们、朋友们予以严厉的批评。

郭沫若

1959年5月1日

积累与运用

本书名言记忆

我希望你要能够像这橘子树一样，独立不倚，凛冽难犯。要虚心，不要做无益的贪求。要坚持，不要同乎流俗。要把你的志向拿定，而且要抱着一个光明磊落、大公无私的心怀。

——《屈原》

我们生来是一无所有，不仅身子是赤条条，心子也是赤条条，随身带来的一点好东西，就是——能够学习。

——《屈原》

长太息以掩涕兮，哀民生之多艰。

——《屈原》

天地间，人为贵。

——《蔡文姬》

一有了偏见，就容易发生误会。

——《蔡文姬》

以天下之忧为忧，以天下之乐为乐。

——《蔡文姬》

我想此刻天下底姐妹兄弟们一个个都陷在水深火热之中，假使我们能救得他们，便牺牲却一己底微躯，也正是人生底无上幸福。

——《棠棣之花》

相关名言链接

常思奋不顾身，而殉国家之急。

——司马迁

志不立，天下无可成之事。

——王守仁

君子虽在他乡，不忘父母之国。

——冯梦龙

宁可一人受苦，不使民族悲伤。

——约翰·德莱顿

不要在犹豫和恐惧中浪费生命。

——爱默生

爱国主义的力量多么伟大呀！在它面前，人的爱生之念、畏苦之情，算得了什么呢？在它面前，人本身也算得了什么呢？

——车尔尼雪夫斯基

信仰是一种伟大的情感，一种创造力量。

——显克维奇

作者名片

郭沫若（1892—1978），四川乐山人，中国著名作家、诗人、历史学家、考古学家、古文字学家、社会活动家。郭沫若童年的大部分时间是在家乡乐山度过的，他在那里接受了严格的家塾教育。1914年初前往日本学医，后从事文化活动。郭沫若一生涉足众多领域，是一位才华横溢的全能型人才。在文学上，他对中国新诗的发展做出了突出贡献；在历史和考古方面，著有《中国古代社会研究》和《甲骨文字研究》这两部极具分量的学术著作。他的主要作品有诗集《女神》《星空》等，话剧《王昭君》《屈原》《蔡文姬》等，文艺论著《读随园诗话札记》《李白与杜甫》等。1978年，郭沫若在北京逝世。1987年，为纪念他对中国文化艺术做出的贡献，经中国文联批准，设立“郭沫若文艺奖”，特别奖励在中国文艺界做出杰出贡献的艺术家。

人物史貌

◎屈原

诗人，名平，字原；又自云名正则，字灵均。战国时期楚国贵族，初辅佐怀王，做过左徒、三闾大夫。学识渊博，主张彰明法度，举贤授能，东联齐国，西抗强秦。后遭到贵族子兰、靳尚等人的谗害而去职。顷襄王时被放逐，长期流浪沅湘流域。后因楚国的政治更加腐败，首都郢亦为秦兵攻破。他既无力挽救楚国的危亡，又深感政治理想无法实现，遂投汨罗江而死。所作《离骚》自述身世、志趣，指斥统治集团昏庸腐朽，感叹抱负不申。还作有《九章》《天问》《九歌》等。其传世作品，都保存在刘向辑集的《楚辞》中。

◎蔡文姬

名琰，字文姬（一作昭姬），陈留圉（今河南杞县西南）人。蔡邕之女。博学有才辩，通音律。初嫁河东卫仲道。夫亡，归母家。汉末大乱，为董卓部将所虏，归南匈奴左贤王，居匈奴十二年。曹操念蔡邕无后，以金璧赎归，再嫁董祀。有《悲愤诗》五言及骚体各一首，写自己的悲惨遭遇，也反映了人民在当时战乱中所受的痛苦。琴曲歌辞《胡笳十八拍》，相传为她所作。

◎共工氏、颛顼

共工氏是传说中的古代部族首领，相传曾“壅防百川”，“振滔洪水”，因而被帝喾所诛杀。一说尧舜时与驩兜、三苗、鲧并称“四凶”，被舜流于幽州。又传曾与颛顼争夺帝位（一说与祝融作战），怒触西北不周山，致使“天柱折，地维绝”“天倾西北”“地不满东南”。

颛顼为传说中原始时代的部族首领，号高阳氏。生于若水，居于帝丘（今河南濮阳东南）。曾参加炎帝、黄帝同盟。颛顼与共工之战是古代汉族神话传说中的经典故事。

◎**聂政**

战国时韩国轵（今河南济源南）人。为了避仇，与母亲、姐姐隐于齐国，以屠宰为业。韩烈侯时，大臣严遂与相国侠累争权结怨，为免遭杀害，严遂流亡他国。他游历到齐国，听齐人说聂政是一个勇士，便多次到聂政家拜访。母亲死后，聂政为感激严遂知遇之恩，决定帮他刺杀韩相侠累。事成之后，聂政自刎而死，死前自毁容貌，以免姐姐聂嫈被人认出而遭牵连。

读后感例文

读《屈原》有感

李浩远

郭沫若的历史剧《屈原》共有五幕，讲述了战国时楚国诗人屈原主张联齐抗秦，遭到南后郑袖、佞臣靳尚等人陷害的故事。整部作品感情奔放，歌颂了屈原热爱祖国的崇高思想和毫不妥协的斗争精神，其中屈原独立难犯的高洁品性令我感动不已。

我认为，《屈原》中的人物大致可以分为两类：一类是屈原、婵娟、钓者河伯、卫士甲之类心怀正义，将民族大义看得比自身性命还要重要的正面人物；另一类是南后郑袖、上官大夫靳尚、令尹子椒等自私自利、心胸狭隘、为了个人利益不顾国家存亡的卑鄙小人。在这两类人物的对比中，我被屈原的“长太息以掩涕兮，哀民生之多艰”的家国情怀深深打动，也因此更加痛恨郑袖集团的丑恶行径。看到好人被陷害，坏人专权，我的心底涌出一股强烈的愤恨之情，也明白了楚国最终走向覆亡的重要原因。

剧中屈原最终听从卫士的劝告，逃往汉北。他的出逃，可歌可泣，亦令人感到万分可悲——偌大的楚国，竟没有这样一位爱国之士、治国之才的容身之地，其结局有很多值得我们反思的地方。

历史上的屈原出身贵族，志向远大，对内主张举贤任能，修明法度，对外力主联齐抗秦。他因此遭到楚国贵族的排挤诽谤，失去楚怀王的信任，一次次被贬谪流放。屈原刚正不阿，他恨君王不辨是非，恨那些小人不顾国家利益，争权夺利。因此，他内心充满无限苦闷，却无处诉说。当秦兵攻破楚国国都的消息传来后，他自沉于汨罗江，以身殉国。千百年来，他独立难犯的高洁品性和强烈的爱国热情，激励了一代又一代的人，渐渐成为中华民族宝贵的精神遗产。

“路漫漫其修远兮，吾将上下而求索”，这正是屈原的思想个性与精神本质的写照。屈原告诉我们，在追寻真理和正义的道路上，道阻且长。因此，我们不能懈怠，不能轻言放弃，要坚定地朝着梦想迈进，披荆斩棘，只争朝夕。

阅读思考记录表——故事类

评价你阅读的书籍，锻炼表达、归纳、总结、理解能力

书名	作者	阅读日期

最喜欢的角色	最喜欢的角色遇到了什么事
______ 用四个词语描述这个角色 ______ ______ ______ ______	 **如果这件事发生在你身上，你的感受或做法**

故事发生的地点	故事的起因	故事的经过	故事的结果

给这本书写一段推荐语 / 对这本书提三个问题

如果给本书的一个故事写个续集，你会怎么写